Florian L. Arnold • Pirina

so viele Namen
die keine Hand aufschrieb
so viele Namen
deren Gewicht kein Papier zu tragen vermochte
nur die Stille,
das Vergessen
mag eure Namen bergen

Euch gehört der Klang
der Verborgenheit.

Florian L. Arnold

Pirina

Roman

Mirabilis Verlag

I

ER

Er glaubte nicht an die Liebe

Sie war kein Tier, sie war keine verlauste, verschmutzte, schreiende Gestalt, die, mit Händen und Füßen sich wehrend, in das Haus hineingepflanzt worden war wie eine Krankheit. Still war es, als sie in das Zimmer neben ihm eingezogen war. So leise, daß man glauben mußte, es sei im ganzen Haus kein atmendes, fühlendes Wesen,
    keinen Namen trug sie,
    keinen Namen gab man ihr,
    leer blieb das vorgeschriebene Namensschild an der Tür,
    das Schild, das ein jeder Bewohner bekam, das Namen und Herkunftsland trug, Alter und Geschlecht, als beschrifte man die Geschöpfe in einem Zoo. Und aus der niemals schwindenden Furcht vor allen Behörden und fremden Mächten schrieben die Bewohner nicht ihren wahren Namen auf das Schild, nannten niemals ihr wahres Alter, verwischten, verfälschten, wo es ihnen

möglich war, denn nichts sollte Aufmerksamkeit auf sie lenken. Sie alle lebten in fortwährendem Geducktsein, mancher zog selbst im Schlaf noch den Kopf ein, hielt sogar in Träumen den Blick gesenkt, so daß sich im Wachsein kein einziges Traumbild ergab außer dem Anblick der eigenen Füße, die auf fremder Erde standen oder ohne Ziel rannten.

Das Haus kannte nur das geflüsterte Wort. Man raunte miteinander, selbst die Kinder hatten gelernt, im ausgelassensten Spiel niemals hörbar zu sein. In ihren Körpern wie auch in den Körpern ihrer Eltern und Großeltern war selbst in Momenten von Freude und Spiel immer ein gespannter Muskel: Sie alle wußten, daß es nirgends sicher war. Sie gingen unter dem Blau des frühen Morgens auf und ab, stellten sich das Glück jener vor, die sich vollkommen sicher fühlten, während in ihnen immer dieser eine Muskel gespannt sein mußte für die Flucht.

Der Gesang der Vögel erinnerte an vergangene Klänge. Die staubigen geschlossenen Fensterläden erinnerten an Sommer, in denen die Hitze in jeden Winkel kroch. An den Wänden verstaubten Abbildungen von Heiligen, Urvätern, Musikern. Sie sangen leise. Seit Jahrmillionen ging die Sonne auf die gleiche Weise unter. Sie kamen dennoch vors Haus, um ihren Untergang trauernd zu betrachten, um danach, als habe etwas ihnen alle Kraft geraubt, einzeln ins Haus zurückzugehen.

So dicht war dieses Geflecht der kleinen Regeln und Vorschriften, das sie für sich selbst gewoben hatten, daß jede Störung schmerzte, und als habe sie in dieses zerbrechliche Geflecht ein großes Loch gerissen, schlug der Fremden unversöhnliche Abneigung entgegen. Das Haus war voll, festgezurrt das Netz der

Abhängigkeiten, Gefälligkeiten, Lügen und Notlügen, der kleinen Gesten, der stummen Signale und Notseligkeiten. Sie sollte fort. Hier durfte sie nicht bleiben, sie, die auffiel, die den Blick hoher Behörden und lauernder Feinde anzog wie eine frische Blutspur. Die kleinen Signale, die man sich im Flur von Tür zu Tür gab, das Raunen, die unmutigen kleinen Gesten galten nun ihr. Man sagte ihr dunkle und unkontrollierbare Kräfte nach. Ihre Augen seien so schwarz, als hätten die Abgründe aller irdischen und überirdischen Höllen darin ihre Düsternis abgelegt. Sie spreche, so hieß es, keine bekannte Sprache, sie stoße Laute aus, sie sei, sagten die anderen Bewohner, ein Tier, ein Tier sei sie, Tier. Nur von ihr hörte man nichts, und lange Zeit glaubte er, sie geträumt zu haben. Auch er hatte nicht in das Haus einziehen wollen, auch sein Name stand, obgleich man ihn fortwährend mahnte, auf keinem Türschild.

Das Haus, so grau, so schmal und innen so hellhörig, ein unheimlicher, hoher, hölzerner Bau, der in den Nächten stöhnte und sich in den Grundfesten zu neigen schien, so daß sich die Bewohner in den Morgenstunden auf unerklärliche Weise in die äußersten Ränder der Betten gedrängt, wenn nicht sogar auf dem Fußboden wiederfanden, erschöpft und unerklärbar älter geworden, als habe die Nacht ihnen mehr gestohlen als jene Stunden, in denen sich im Schlaf dunkle Träume und Erinnerungen so unheilvoll mischten, daß die Morgenstunden stets von knochentiefer Erschöpfung und Mißmut übervoll waren.

Als er schon glaubte, sie geträumt zu haben, da endlich hörte er sie: Sie sang ein Lied, aber sie sang es so leise, daß er den Kopf an die Sperrholzwände pressen mußte, um ihre Stimme vernehmen zu können. So hörte er sie, zusammengekauert und mit rasend klopfendem Herzen, ausharrend, bis er keinen Ton mehr vernahm aus der anderen Wohnung. Keine schöne Melodie war es, die sie sang. Das Lied war so voller Traurigkeit, daß es ihm das Herz zerriß. Es war kein friedfertiges Lied, keines dieser Lieder über Liebe oder Trauer, wie er sie kannte und verstand. Ihr Lied konnte er nicht verstehen und doch schnitt es ihm die Seele entzwei, und als sie geendet hatte, war er, der Lauscher, von tiefer Bedrückung erfüllt. Die Stille in seiner Wohnung wurde größer, die Leere unerträglich, und er versagte sich, wieder dem Lied zu lauschen, ihrer Stimme. Der Klang und der Schmerz in ihrer Stimme waren nicht auszuhalten und er fürchtete, gemütskrank zu werden, würde er weiterhin sein Ohr an die Wand – an *ihre* Wand – drücken.

Sie sang ihr Lied Tag für Tag und er hielt sich die Ohren zu oder ging aus dem Haus, aber niemals hätte er, wie andere es taten, mit Füßen oder Fäusten gegen die Wand geschlagen und sie verflucht, niemals hätte er sie anschreien oder barschen Tones auffordern können, nicht mehr zu singen. Denn sie sang um ihr Leben, das verstand er, sie sang, um nicht zu zerbrechen, in diesem Haus, in diesem Land, mit all den Erinnerungen in ihrem Kopf, die kein Verstand zu ertragen vermochte ohne die Musik, den Trost des Klanges jenseits aller Worte.

In der Wohnung neben ihm atmete, sang, kochte, schrieb und schlief sie, öffnete das einzige Fenster und schloß es wieder, und alles geschah so leise, daß er, so sehr er mit dem Ohr in das Holz hineinzudringen versuchte, immer noch glaubte, sie zu träumen. Die unendlich leisen Laute, die er erlauschte, erlaubten ihm, ihr Reich in der benachbarten Wohnung zu sehen: ihren ganzen kleinen, in eine Tasche oder einen Beutel passenden Besitz ... Nur sie selbst blieb eine Ahnung, eine Sehnsucht. So leise bewegte sie sich, so leise sang sie, so sacht öffnete und schloß sie ihr Fenster, so spurlos betrat und verließ sie das Haus, als verneine sie jede Spur ihrer Existenz.

Er wollte sich ihre Welt vorstellen, dort drüben: wie das Wasser in einem zerschossenen Emailletopf sprudelte auf einem Gaskocher, wie das Licht über die mit grauem Papier überzogenen Sperrholzwände strich und eine Ahnung gab von der Weite der Welt. Wie die Kohlen in dem kleinen schwarzen Eisenofen dunkel glommen, wie es nach Petersilie und Kartoffeln und Zwiebeln roch und wie ihre Hände über die aufgerauhte Maserung des Holztisches strichen. Er stellte sich die aufgerissene Hafermehltüte vor und die Holzdielen, die von vielen Menschenschuhen und -füßen zu einem hellen, wie poliert aussehenden Farbton abgescheuert worden waren, auf dem der Schatten ihres Körpers tanzte und sich dabei über die Wände, die Möbel ausbreitete. Einen lebendigen Schatten sah er, eine Hand, die schnell ins Haar fährt ... Ihr Haar, das glaubte er zu wissen, war dunkel, es mußte dunkel sein, vielleicht sogar schwarz, mit einem Blaureflex darin, als habe die Nacht etwas von ihrer endlosen Tiefe in ihr Haar gewoben.

Anders konnte er sie sich nicht denken.

Wie es kam, daß sie einander durch Klopfzeichen Signale gaben, hätte später keiner von beiden zu sagen gewußt. Pirina behauptete, er habe fortwährend vor sich hin gesungen, den ganzen Tag lang, oftmals laut und ohne Hemmungen, regelrecht gebrüllt habe er manches Mal. Man habe es im ganzen Haus gehört. Selbst die Mäuse in den Wänden hätten sich erschreckt. Sie hatte ihm zu den Melodien einen Takt gegen die Wand geklopft, und es war ein oder zwei Mal vorgekommen, daß er ihr durch die dünne Wand hindurch geraten hatte, etwas mehr Salz zu den Nudeln zu geben. Er habe *gehört*, wenn sie die Nudeln zu schwach gesalzen habe, behauptete sie, ebenso wie er ihrem Schweigen entnehmen konnte, ob es ein gutes oder ein unheilvolles Schweigen war, ob sie in einem Tagtraum versank oder in einer angstvollen Erinnerung, und er habe ihr auf die einzige Weise, die ihm zur Verfügung stand, Musik geschenkt: indem er ihr, wenn sie sich fürchtete, durch die Wand hindurch die Lieder seiner Heimat vorsang. Kaum einen Text kannte er noch, doch lernte er, die fehlenden Passagen zu ergänzen, indem er sie erfand.

Wenn er ihr, furchtbar falsch singend übrigens, etwas von seinen eigenen Träumen und Ängsten mitteilte, nahm er ihr die Unruhe vor den langen Tagen, an denen sie sich nicht bewegen konnte vor Trauer und Verlorensein.

Die Erde nimmt die Toten überall
mit Gleichmut auf.
Das Undenkbare
bleibt ungedacht,
das Unsagbare
fest verschlossen in den Köpfen.

Er sang ihr vor und sie sang ihm vor. Getrennt nur durch eine dünne Wand standen sie voreinander, füreinander so kostbar wie ein Tagtraum, einer des anderen Einbildung, bevor das Schweigen sie wieder für Tage trennte. Ihre Tage waren zerbrechliche Brücken über den bedrohlichen Strömen des Schlafes.

Keiner kannte des anderen Gesicht. Wären sie einander auf der Straße begegnet, sie wären wie Fremde gewesen. Allein über das Hören kannten sie sich.

Er glaubte nicht an die Liebe. Er hatte Bücher über die Liebe gelesen und Filme gesehen. Es waren Lügen, Märchen, nichtige Versprechungen. Er glaubte nicht, daß es so etwas gab wie Liebe.

Pirina glaubte nicht an die Liebe. Sie wußte, daß sie schön war, daß die Blicke der Männer ihr folgten, aber keiner interessierte sie.

Darf ich dich küssen?, fragte einer schüchtern, dunkelhaarig, vernarbtes Kinn, seine roten, glühenden Hände rochen nach abgestandenem Rauch und Nässe. Er wagte kaum, sie direkt anzusehen.

Nein, kleiner Junge. Die Liebe gibt es nicht, antwortete sie ihm. Er ließ sich abweisen. Alle Männer, die sie umwarben, waren Maskenträger. Einer verbarg seine Seele, die nicht reif genug war für die Welt, ein anderer das Fehlen der Seele, und die meisten verbargen die Leere, die sich in ihnen gebildet hatte. Diese Männer waren Fragezeichen aus Fleisch und Blut. Einem dunkelten die schwarzen Augen so ohne jede Wärme im Gesicht, daß sie sofort wußte: *ein Mörder*. Wenn sie die Augen schloß, spürte sie seinen Blick als kalte Berührung, gegen die nichts half. Einer lachte ohne Herz, daß sein Gesicht so aussah, als schneide er Grimassen. Einer war aus Gelatine, einer aus Eisen, einer aus einem zerbrechlichen Stoff, einer sogar aus Stein oder einem so harten Material, daß sie sich fragte, welcher Mechanismus es ihm erlaubte zu atmen. Unwirklich waren sie alle. Dieser Mann war eine Schimmelblüte, jener ein Gebilde aus Rauch, dieser dort eine metallene Skulptur, jener eine Stichflamme. Gestalten wie aus Gelatine und Porzellan gemischt.

Die Liebe gibt es nicht, sagte sie einem jeden.
Aber ...
Ach, kein „Aber" gibt es, ihr versteht mich doch nicht -!

Sie glaubte an die Sonne, an die Nacht, an die Macht der Träume, an das Ersticken unter Wasser, an das alte Licht im Herbst, wenn alles flackernd erscheint, als zerspringe der Glühfaden der Sonne, sie glaubte an Zuneigung und Treue, an Hilfsbereitschaft und Niedertracht, doch sie hielt die kitschigen Darstellungen großer Lieben für die Produkte einer fremden Welt, und diese berührte ihre Welt an keiner Stelle. Hinter den Augenlidern sah sie einen, den sie nicht abweisen würde, der sie nichts fragen und nichts erbitten müßte.

Sie war keine zehn Jahre alt gewesen, als alles zusammenbrach. Dunkelrot und kalt die Morgendämmerung, schroff trieb der Wind bunte Papierfetzen über nasse Straßen. Als alles endete, lagen Menschen, die Tage zuvor noch miteinander gegessen und getanzt und geschlafen hatten, erschlagen, erschossen, ermordet

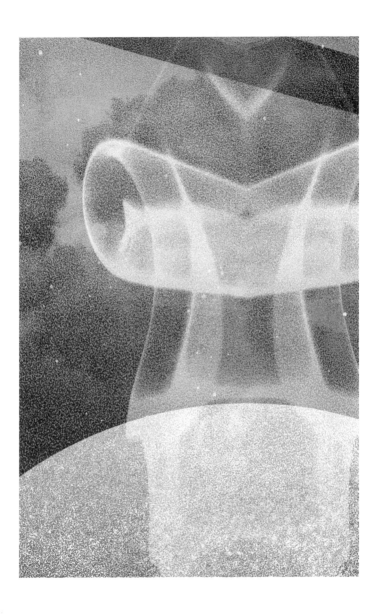

in den Rinnen der Straßen. Als alles zusammenbrach, fuhr etwas Unbegreifbares mit der Faust ins Land, riß alles heraus, was wärmte. Sie erinnert die weißen Schwingen der Blätter, die sich aus den Fenstern der brennenden Bibliothek hoben und sie bis hin zu ihrem Elternhaus führten, wo sie auf die Erde sanken, mehr und mehr jeden Tag. Die Blätter trugen die Namen derer, die nicht mehr genannt werden durften, die geflohen waren, von denen man sich abgewandt hatte. Später erinnerte sie sich an einen großen Vogelschwarm, der ihren Weg begleitete. Das Geräusch der Flügel und der vielen Vogelkörper in der Luft war auf immer in ihrem Kopf und sie sah den Tag, als alles zusammenbrach, immerwährend als Ansammlung kleinster Ausschnitte, die niemals mehr ein Ganzes ergaben: das Blatt Papier, die Worte entflohen. Die Hand der Mutter. Falten im roten Tischtuch. Die Brille des Vaters auf dem roten Tischtuch.

Die dicken Adern auf seinen dünnen Händen. Der leere regennasse Schuh auf der Straße voller Papierfetzen.

Was hält den Körper fest? Die Stimme des Vaters, leise, im Laub der Bäume: *Da liegen noch ein paar der alten Wunder.* Der Wind in offenen Fenstern: *Erinnere mich.* Wo hält der Mensch sich auf, wenn er die Augen schließt?

Wo ist der Mensch, wenn man ihn nicht sieht? Sind wir nur da, weil irgendjemand an uns denkt oder uns anblickt?

Sie erinnert sich, daß ihr Inneres kalt und schwer war, als habe man es ausgefüllt mit Metall.

Sie lebten in ihren Zimmern nebeneinander, sie verliebten sich nicht, obgleich sie täglich Dinge voneinander hörten, die ihnen gefielen. Wenn er hörte, wie sie sich wusch oder eine Suppe umrührte oder Zwiebeln schnitt, Wasser aus einem Krug goß oder in einen Apfel biß, wenn sie etwas vorsichtig aus raschelndem Papier auswickelte, wenn sie kaltes Wasser auf der Haut mit zufriedenen Lauten willkommen hieß, dann hörte er gerne zu. Daß aus ihrem Zimmer kein Laut drang, der ihm fremd war, befriedete ihn. Niemals verstörte ihn etwas, das sie tat. Schweigsam lebten sie, schattenlos, als seien sie erfundene Personen. Es gab keine Photographien in ihren Zimmern, keine persönlichen Dinge, es gab nur die reine Nützlichkeit: einen Tisch, einen Stuhl, einen Schrank, eine Uhr, Papier und Bleistift, Eingemachtes in Gläsern, Äpfel auf dem Küchentisch, vielleicht ein Buch, von irgendwem geschenkt, vielleicht die Photographie eines Menschen, den sie erinnern wollte ... *Mehr braucht kein Mensch*, schien die ganze Einrichtung zu sagen.

Er beobachtete, wie das Licht über den hölzernen Fußboden wanderte, sich in Ritzen und Winkeln fing, von denen aus die Nacht sich ausbreitete, während draußen noch Tag und Nacht sich in den dunkelsten Tönen von Blau und Rot schieden. Reglos saß er am Fenster oder an seinem Tisch, kauerte auf dem Fußboden, lag auf dem Bett, verlor jedes Gefühl für die Zeit. Er stellte sich vor, wie sie drüben, wie er, am offenen Fenster saß. Es wärmte ihn der Gedanke, daß sie, ohne einander in die Augen sehen zu können, die gleichen Handlungen vollzogen. Diese Parallelität von Schweigen, Atmen, Beobachten trieb alle Ängste von ihm fort, und selbst wenn es nicht so war, fand er großes Glück darin, seine Träume und Beobachtungen mit heiterer Schweigsamkeit immer wieder neu zu sortieren, wie ein Sammler seine kostbarsten Stücke immer wieder neu anordnet, um sich an der Vielfalt der angehäuften Kostbarkeiten zu erfreuen. Er wußte ja nicht, welche Wege sie ging, doch stellte er sie sich vor, wenn er aus seinem Nest hinabsah in die Stadt. Und wenn er in einer Gasse eine Frauengestalt sah, stellte er sich vor, sie sei es, einem ihm unbekannten Ziel zustrebend, und daß er dieses Ziel nicht kannte, wie er auch ihre Wege nicht kannte, machte ihn im einen Moment glücklich und im nächsten Augenblick schwermütig. Er hatte sich ein Bild von ihr erschaffen, in dem es nur Schatten, Klänge und Hoffnungen gab, doch dieses Bild sprach stets mit *seiner* Stimme, und wenn er sich vorstellte, wie sie durch die Stadt ging, so ging sie mit *seinem* festen Schritt, nahm Wege, wie *er* sie genommen hätte. Wenn ihn die Einsicht traf, daß die Person, die er sich vorstellte, vielleicht nichts zu tun haben mochte mit der Person, die nebenan lebte, versank er in tiefe Traurigkeit, zerschlugen Angst und Einsamkeit ihm den Schlaf. Dann vermochte nichts ihn zu trösten, nicht das warme Aufleuchten der Stadt am Abend, wenn die Sonne noch einmal mit weichem Licht ihr Territorium betrachtete, nicht der Anblick des Hafens, nicht die endlose Bühne des Meeres ... Kein Ton konnte ihn dann verzaubern wie sonst, nicht die Rufe der Nebelhörner, nicht das von fern heranrollende Trommeln großer Maschinen oder die Schreie der Vögel, die sich von Aufwinden immer höher ins Firmament tragen ließen ... Er verstand selbst nicht, warum er einen so tiefen Schmerz empfand, wenn sein Blick von der Weite des Meeres in die Stadt zurückkehrte, wo alles Geruch und Schwere ist und die Stimmen von Mauer zu Mauer springen und auch nach dem Verschwinden der Menschen noch zu hören sind. Er empfand einen Schmerz, wenn er bellende Hunde, schreiende Kinder, kreischende Rabenvögelschwärme hörte, wenn die Sonne verschwand, die Nacht aufstieg, wenn Mondlicht die glatte Oberfläche des Meeres flutete, wenn die Stadt sich einspann in Stille ... So saß er viele Nächte in seinem Zimmer, eine lichtlose Silhouette vor Nachtdunkel, trostlos umfangen von Schweigen. Die Geräuschlosigkeit einer Bühne, die sich auf das Heben des Vorhangs vorbereitet.

Eines Morgens zog das Feld der Namensschilder seinen Blick an: Wo eine Leerstelle gewesen war, kauerte nun, in zierlichen, aufstrebenden Lettern hastig mit einem schwarzen Lackstift auf den weißen Untergrund gesetzt, ein Name. Und er stand davor und traute sich nicht, den Namen zu lesen ... Nur *sie*, das wußte er, konnte sich diese Freiheit herausgenommen haben. Nur sie. Nur sie konnte es gewagt haben, sich einem Haus einzuschreiben, in dem niemand lange blieb, dessen Bewohner einander kaum kannten und niemals ihre wahren Namen auf ein Klingelschild setzten.

Lange hatte er diese ihn wie ein abstraktes kalligraphisches Kunstwerk anziehende Eigenmächtigkeit angestarrt, bevor er wagte, die Zeichen zu entziffern, lange hatte er auf das Namensschild schauen müssen, bis er „*Pirina*" lesen konnte. War das vielleicht gar nicht von ihr? War das vielleicht nicht einmal ihr Name, sondern nur *irgendein* Name, hingesetzt von einem anderen, vielleicht vom Hauswirt oder einem neuen Mieter, der nicht wußte, daß man in diesem Haus nur lebte, bis das Leben eine neue Volte schlug –?

Am Abend war er hinuntergegangen, hatte noch einmal den Namen gelesen und, als er sicher war, *Pirina* gelesen zu haben, hatte er einen Stift herausgenommen und seinen Namen in das Namensschild direkt unter ihren gesetzt. Denn er war sich sicher, daß sie ihren wahren Namen dorthin geschrieben hatte.

Obgleich es ihm nicht gelingen wollte, seinen Namen mit gleichem Mut und gleicher Kraft hinzuschreiben, standen am Ende doch zwei Worte dort – sein *wahrer Name,* wie eine Antwort auf ihren wahren Namen hingesetzt ins Weiß, das niemand zuvor zu berühren gewagt hatte. Mochten die Augen der schlafenden Feinde sich nun öffnen, mochte nun das unsichtbare Räderwerk des Verderbens sich in Gang setzen – hier standen nackt und wahr, ihre Namen voreinander, als könne nichts auf Erden sie jemals auslöschen.

Eine Woche später war es, als er, von der Arbeit heimkehrend, sah, wie eine junge Frau sich vor dem Feld mit den Türschildern aufhielt. Rasch verbarg er sich in einem nahen Winkel. Ohne selbst gesehen zu werden, konnte er sie beobachten, wie sie sich hinbeugte zu seinem Namen, zu Pirinas Namen, sich dann wieder aufrichtete und umsah, als müßten die Namensträger im nächsten Augenblick neben sie treten.

Mit wild schlagendem Herzen sah er sie dort stehen, fürchtete, in ihr die erste Regung des erwachenden Machtapparates vor sich zu sehen, doch beruhigte er sich: Zu arm gekleidet war sie, zu einfach die abgelaufenen Schuhe, stumpf und staubig wie von langen Wanderungen, zu dunkel ihre Hautfarbe für ein Behördengespenst. Nein, sagte er zu sich, keine Botin der Gesetze. Doch er hielt sich weiter versteckt, spürte eine Unruhe in sich, wie er sie nicht mehr empfunden hatte seit Kindestagen, als Freuden und Schrecken zum ersten Mal in sein Leben brachen.

Wenn sie keine Gesandte der Behörden war, überlegte er, wenn sie so lange diese Namen, seinen Namen und den Namen *Pirina* betrachtete, mochte sie vielleicht eine Gesandte aus der alten Heimat sein, brachte vielleicht eine Botschaft der Familie ...?

Die junge Frau nahm einen Schlüssel aus ihrem Gewand und sperrte das Haus auf mit der souveränen Schnelligkeit einer Person, die diesen Ort gut kannte, der jeder Handgriff, jeder Laut, jeder Schritt in diesem Haus vertraut war.

Das Echo der ins Schloß fallenden Tür hallte lange in ihm nach, lange noch blieb er in seinem Versteck, fassungslos. Sie hatte einen Schlüssel. Die einzige Person, die einen Schlüssel zu diesem Haus besitzen konnte und die er noch nicht kannte – das mußte *sie* sein, Pirina.

Er hielt sich lange genug versteckt. Als sie aus dem Fenster blickte, wo sie ihn vielleicht hinter dem Hoftor sah, wartete er ab, bis sie so weit hinter das Fensterglas zurückgetreten war, daß er, ein eilends ins Haus jagender Schatten, unsichtbar geworden war. Sie war ein Teil des Himmels, der sich in ihrem Fenster fing.

In den folgenden Tagen beunruhigte ihn der Gedanke, daß sie seinen Namen nicht verstanden haben oder doch eine Beamtin der Behörden sein könnte, die sich einen Schlüssel beschafft hatte für einen Kontrollgang. Es packte ihn die maßlose Angst, mit der Nennung seines wahren Namens einen furchtbaren Fehler begangen zu haben. Er wagte nicht nachzusehen, ob er auch leserlich geschrieben hatte.

Jeden Tag ging er mit angstvollen Schritten an den Briefkasten, eine Mitteilung erwartend, daß man ihm den weiteren Aufenthalt in diesem Haus – in diesem Land – verweigere. Aber die Mitteilung traf nicht ein, und endlich glaubte er sicher zu sein, daß doch sie es gewesen war, *Pirina*, die seinen Namen hatte lesen wollen. Und er ging hinunter und fand seinen Namen unverstehbar. Gewiß hatte sie deshalb so lange dort gestanden, weil sie seinen Namen nicht verstanden hatte. Sie mußte sich gewundert, möglicherweise auch entsetzt haben über seinen zersplitterten, silbenreichen Namen, den kaum eine Zunge zu bewältigen imstande war. Er wußte, daß außer ihm niemand diesen Namen mögen und schreiben oder aussprechen konnte.

Diesen Namen heilig zu halten war seine höchste Aufgabe, selbst wenn Unglück, Verlorensein und Verstummen damit verkoppelt waren. Der Name der Familie war ihm nur geborgt. Er mußte leben, damit der Name am Leben blieb, ein Name, den viele Generationen vor ihm durch helle und dunkle Tage gebracht und selbst aus dem tiefsten Unheil heraus noch gerettet hatten. Es war furchtbar leichtsinnig von ihm gewesen, diesen Namen preiszugeben, indem er ihn für alle lesbar auf sein Namensschild setzte. In seinem Kopf bewegte er lange Entschuldigungen und Rechtfertigungen. Er schwor sich, all jene, die unter diesem Namen, welcher Gott mochte es wissen, in seinem fernen Heimatland, vielleicht noch am Leben, vielleicht schon tot waren, nie wieder zu gefährden.

SCHWARZES LAND UNTER WEISSER WOLKE
bedeutete der Name der Familie, das hatte ihm seine Großmutter erzählt. Er hatte sich an ihren nach Erde duftenden Leib gedrückt, hatte das Land in den Falten ihrer Hände, ihrer Arme, ihres Halses und Gesichtes erkannt, war in die Täler hinabgesunken und hatte sich vorgestellt, daß die heißen Strahlen der Sonne kleine Löcher in das Land brannten ...

Das Land war versunken und übrig blieb einzig der Name, *sein* Name, den er stolz und verschämt trug, einige Buchstaben voller Unentbehrlichkeit und sehnsuchtszerissener Erinnerung, der Name der Abwesenheit der Eltern und Großeltern, der gesamten Familie und ihrer Geschichte,

einige Buchstaben nur,

fern,

unaussprechlich im Grunde.

Aus dem Licht gestoßen

Seine Kindheit war ein langer ruheloser Gang durch die morgendlichen Straßen seiner Heimatstadt, durchbrochen nur von den Stunden in der Schule, den gemeinsamen Essen der Familie und den Stunden der Nacht, die er bis an sein vierzehntes Lebensjahr voller Unruhe verbrachte. Diffuse Ängste streiften mit wölfischer Präsenz an den Rändern seines Bewußtseins entlang. Es gab kein Entrinnen aus diesem Zustand, er wagte nicht, seinen Eltern davon zu erzählen. Was sollte er schon sagen? Daß ihn Bilder und Ideen marterten, die weder einem Traum noch einer klaren Erinnerung entsprangen?

Er schlich aus der elterlichen Wohnung, sobald die erste Andeutung von Tageslicht ihm erlaubte, das Bett zu verlassen. Manchmal ging er auf das Dach, fast genoß er diesen Gang durch die tunnelartigen Flure und die filigrane Eisenleiter hinauf, deren Kälte sich den nackten Händen und Füßen einprägte. Seine Phantasie sagte ihm, er stünde nicht auf dem Dach eines Hauses, sondern auf dem sanft wiegenden Deck eines hoch über der Stadt stehenden Schiffes, das mit eingezogenen Segeln auf die nächste Reise wartete. Die Luft kühlte seinen fiebernden Leib. Der gläserne Dunst über der Stadt entfachte die Glut seiner leicht entzündlichen Phantasie. Er sah das Häusermeer auf dem schuppigen Rücken eines riesenhaften Tieres, das unendlich langsam auf das hinter blauvioletten Streifen von Nacht verborgene Meer zukroch. Alles war belebt, auch das Haus, in dessen Bauch er zurückkehrte, dessen Wände sich bewegten. Seine Finger berührten nicht etwa Tapeten, sondern eine kühle Echsenhaut, fühlten nicht das Holz eines Treppengeländers, wenn er auf Zehenspitzen viele Stockwerke die geduldig seufzenden Stufen hinabstieg, sondern den knöchernen Rückenpanzer eines in tiefem Schlaf verharrenden Geschöpfes. Das Haus beobachtete ihn auf dem Weg hinab in den Abgrund des Parterres, wo selbst am hellen Tag tiefste Nacht residierte. Allein die Erinnerung an das Tageshaus ließ ihn in dieser absoluten Finsternis das hölzerne Eingangsportal ertasten, verschlossen durch einen schweren schmiedeeisernen Riegel. Diesen Riegel beiseite zu schieben, ohne dabei das ganze Haus aufzuwecken, war unmöglich, doch war in eine Nische des massiven hölzernen Tores ein verborgener Winkel eingebaut, in dem der Schlüssel zum Gartenzugang versteckt war.

Wie alles an diesem alten Haus war auch dieses Geheimversteck für übergroße Menschen gemacht, doch konnten seine Finger das kalte Metall greifen, wenn er sich nur kräftig genug auf die Zehenspitzen stellte.

Das Tor zum Garten lag im rückwärtigen Bereich des Vorderhauses. Neben der Hausmeisterwohnung war eine unscheinbare Tür, deren schmaler Fensterschlitz allein etwas Licht in den Flur einließ. Leise drehte sich der Schlüssel, ungehört schlüpfte er hinaus in den von alten Bäumen gesäumten Garten, hatte kein Ohr für die ersten Morgenlaute der Vögel, keinen Blick für die

Schatten derjenigen, die in diesen frühesten Tagesstunden schon ihre Arbeit hatten: Schichtarbeiter, Bäcker, Straßenbahnfahrer, Polizisten, Ärzte, Huren ... Die Gassen rochen nach feuchtem Kalk, Urin, Kohlen- und Holzfeuern, frischer Wäsche; dünner Rauch löste sich im glänzenden Frühlicht auf. Niemand sah ihn durch die Straßen wandern in der Stunde vor dem Sonnenaufgang, niemand fragte nach seinem Ziel.

Das Fieber der Nacht verglomm, hell brannte sein Gesicht, wenn er von seinen Reisen zurückkehrte. Er schlüpfte in die Laken und konnte ruhig die letzte Stunde schlafen, bevor die Hand seiner Mutter sich sacht auf seinen Kopf legte.

Die Wärme dieser Hand holte ihn bis zu seinem vierzehnten Jahr zurück ins Reich der Wachen, nie sollte er dieses Gefühl vergessen, auch nicht nach jenem zwölften April, als er die Hand der Mutter ein letztes Mal auf seiner Stirn spürte. Er will nicht aufwachen, kann nicht aufwachen, etwas in ihm ahnt schon das Kommende. Die Schwere der Hand auf seinem Kopf wird größer. *Wach auf!* – Aber er kann sich noch immer nicht von der Schwere des Schlafs trennen. Als er endlich auf der Bettkante sitzt, umgeben von den Geräuschen des Morgens, da sind ihm schon das Licht zu hell, die Gerüche zu scharf, die Kleidung, in die er sich hineinwindet, zu kalt, zu rauh. Müde geht er wie ein Kranker an den Tisch, auf dem schon Brot und die Tasse mit heißem Tee warten.

Die Mutter steht mit dem Rücken zu ihm am Fenster. *Der Vater,* sagt sie, *wird in den kommenden Wochen Nachtschicht haben, wir werden ihn kaum sehen.* In der Hand hält sie eine Tasse Tee, aus der sie nicht trinkt. Morgens kann sie nicht essen, nicht trinken, nur ihm zuliebe stellt sie etwas für sich auf den Tisch und glaubt, er bemerke nicht, daß ihr Gedeck leer bleibt.

Später erinnert er sich nicht mehr daran, wie alles an diesem Morgen aussah, wie bald seine ganze Kindheit versinken sollte in den Scherben des Kommenden, doch an die Hand der Mutter, diese herbe, harte, warme Hand, die sich noch einmal in seinen Nacken legte, als wolle sie ihm einen kleinen Trost spenden, an diese Hand erinnert er sich immer, selbst dann noch, als dieser Tag schon zurückgesunken ist in die ferne und fremde, entfärbte und zauberische Welt, die man dann Kindheit nennt, wenn ihre Geborgenheit und Gefährdungen verschwunden sind hinter den Wüsten, die ein langes Leben schafft.

Schwarz steht die Rauchsäule am Horizont, kurz zuvor hatte ein dumpfer Schlag die Fenster, das Porzellan im Schrank, die Vase auf dem Küchentisch, die Pflanzen auf dem Fensterbrett erzittern lassen. Er steht neben der Mutter, als der zweite Einschlag den hellen Tag zerschneidet. Diesmal ist es deutlich zu sehen: ein heller Bogen von Licht, der sich in das Stadtviertel K. bohrt und dort in die Luft aufschießende Flammen gebiert. Er weist nach einem Einschlagspunkt. Auch die Mutter muß es sehen: Das Erdreich bewegt sich, Häuser fallen in sich zusammen. Er glüht aus neben der Mutter, klein geworden, lautlos, keine Stimme hat er für eine Frage nach dem Warum, vielleicht könnte die Mutter ohnehin nichts antworten. Sie hat seine Hand aus ihrer Hand fallen lassen. Die kupferrote Blüte einer in die Höhe steigenden Feuersbrunst verbietet ihnen jedes Wort.

Im Viertel K. ist die Fabrik, in der der Vater arbeitet. Vor nicht einmal einer Stunde brach er dorthin auf.

Als die Mutter seine Hand ergreift, ist dieser Griff hart und ohne Ausweg.

Wir müssen gehen, sofort, sagt sie, wirft schnell einige wenige Habseligkeiten in ihre Tasche: Ausweise, ein Photoalbum, ihr Herzmedikament, seinen Impfschein, einen Apfel, einen zweiten Apfel ... *Herrgott, was noch?* Sie schaut sich suchend um, was kann, was soll sie einpacken, nun, da keine Zeit mehr ist?

Sie zwingt ihn in seinen Mantel, dann gibt sie ihm einen Beutel, in den sie hastig Bilder stopft: Photographien von Angehörigen, Elternfreunden, Fremden. Er solle gut darauf aufpassen, sagt sie. Sie wirft ihm einen Schal um die Schultern. *Was noch,* murmelt sie, kopflos, *was noch?* Ihr Blick jagt herum. *Nimm deinen Schal mit,* ruft sie ihm zu. Er will noch etwas aus seinem Zimmer holen, sieht noch einmal hinein in den vertrauten Raum, den das Sonnenlicht flutet.

Zu lange schaut er, ohne sich entscheiden zu können. Da packt sie ihn, reißt ihn

hinaus,

hinaus in den Flur,

die Treppe hinab,

vorbei an Nachbarn, die ebenfalls abwärts hasten, einige wenige Habseligkeiten an den Leib gedrückt haltend, draußen auf der Straße ein Menschenstrom, gellend laut wie eine Maschine.

Härter wird ihr Griff um seine Hand.

Wir dürfen uns nicht verlieren, schreit sie über das Stimmentosen hinweg.

Schreie, Anweisungen, Sirenen, Motoren, Zerschlagendes und Klapperndes, Aufjaulen von Motoren, Fahrzeuge spalten den Menschenfluss, er sieht Stürzende, Hingeworfene, Reglose, sieht elternlose Kinder, zerbrechliche helle Kiesel in einem reißenden Fluß. Überallhin geht sein Blick.

Du mußt immer auf mich sehen, hört er die Mutter, *präg dir meinen Mantel ein, den Schal, wenn wir uns verlieren, suchst du nach diesem Mantel, und du schreist, hörst du, du schreist, so laut du kannst, damit ich dich finden kann, und laß nie meine Hand los, hörst du mir zu?*

Ja, ruft er, *ja, ich höre!*

Er muß sich umdrehen, er kann das Haus, ihr Haus, noch sehen, das Umdrehen schmerzt, immer reißt die Mutter ihn vorwärts, immer stößt jemand gegen ihn, ein Mann mit einer schweren Tasche stößt gegen ihn, die Tasche hat eine scharfkantige Metallschnalle, die ihm eine Wunde am Hals zufügt, der Mann ist schon fort, verschluckt von der Masse, die nichts Menschliches hat, die dicht, heiß, laut über ihn hinwegbrandet.

Tausende Menschenkehlen, aufgerissen, der Strom der Rufe unverständlich. Härter die Schläge gegen seinen Leib. Schneller das Tempo. Entsetzt sieht er: Sie strudeln, taumeln dem Stadtzentrum entgegen, wo schwarze Rauchgebilde sich hineinbohren in den Himmel.

Was wollen sie dort, an den Feuermauern, im Funkenregen, warum rennen sie alle dorthin? Die Hand der Mutter um seine Hand geschlossen, unerbittlich zerrend, er ist schon müde, erschöpft, gelähmt von Lärm und Orientierungslosigkeit. Die Häuser sind leere Kulissen, scharfgerändert. Die Straßen sind voller Dinge, die liegen geblieben sind: Koffer, Spielzeug, Fahrräder, Säcke voller Habseligkeiten, Fotoalben, überall Papier, viel

Papier, Photographien, Dokumente, Urkunden, Briefe, er steigt über rote Kugeln, über Spielzeug, zerbrochene Puppen, Schlüssel, Handschuhe, Stücke von Uhren, über Kleidungsstücke, über einen Toten: offener Starrmund, staunender Blick. Woher kam der Tod. Wo war er an diesem Morgen. Die Haut ist noch rosig, wo sie nicht aufgerissen worden ist.

Schau nicht hin, reißt ihn die Mutter weiter, er kann nicht, die Beine gehorchen nicht, er widersetzt sich.
Nicht dorthin, nicht ins Zentrum! Hört sie die Einschläge nicht, die knatternden Gewehrschläge, das Summen …? Der Schrei der Vielen zu einem einzigen Laut geworden, der Mauern umwirft, der gegen die Welt schlägt. Nicht, zerrt er an der Mutterhand, warum rennen sie nicht aus der Stadt hinaus, weit vor der Stadt gibt es keine Gefahr, denkt er. Aber so sehr er die Mutter zur Richtungsänderung zu drängen versucht, so sehr hält sie fest am eingeschlagenen Kurs, folgt der Masse, folgt dem Strom, *ins Verderben*, denkt er, *Verderben*, denkt er immer wieder, erinnert sich an die Bilder aus dem Religionsunterricht: flammende Höllen, Menschen in endlose Abgründe gestürzt, von Teufeln und Dämonen gelenkt, er denkt an den Gekreuzigten in der Kirche, dessen weit offener Mund im kraftlos herabhängenden Kopf aus wurmstichigem Holz die gleiche entsetzte Frage stellt wie der Tote, gegen den seine Füße schlagen, wie nun Hände, Koffer, ganze Körper ihm gegen Rücken und Seiten schlagen, ihm die Kleidung zerreißen, ihn durch die Straßenschluchten drängen.
Immerzu schreit er zornig, verzweifelt, scharf der Mutter seinen Satz zu: *Wir müssen umkehren, es ist falsch, wir sind in der falschen Richtung, umkehren, falsch, umkehren …!*

Unzugänglich ist sie, reißt ihn hinab in die Hölle, die Hölle ist das Stadtzentrum, er sieht schon die dunklen Wände aus Rauch, darin Feuerzungen, zornig, davor einige Bäume, die Kronen in hilfloser Bewegung, den unnatürlich tiefgrünen, fast blaufarbenen Blattkuppeln entströmen Hunderte kleiner gefiederter Leiber, die davonfliegen, über ihre Köpfe hinweg, hinaus aus der Stadt.

Dorthin, denkt er, müssen auch wir,
und er reißt, reißt wie irr an der Hand der Mutter, die seine Hand umklammert,
reißt,
reißt ...
reißt sich los,
sieht die Mutter stürzen,
er wird von den andrängenden Menschen vorangeschoben, an ihr und über sie hinweg,
er sieht sie liegen,
etwas hält ihn aufrecht, trägt ihn im Strom,
er schwimmt mit ihm bis in die Nische eines Hauses, wo er zusammensinkt, verloren und ohne Gewicht liegen bleiben darf, und weiter strömt die Masse, Fleisch und Hitze, Stakkato von Schritten, Rufen, Maschinenlärm, Fahrzeuge schieben sich durch die Masse, über die Masse hinweg, den Himmel kreuzen weiße Linien, kleine Wölkchen, die sich schon auflösen, die ihn erinnern an die zehntausend Falter im vergangenen Sommer, die als helle Wolke am Abendhimmel tanzten. Wohin auch sein Auge sich wendet, immer ist dort der Nachglanz des Körpers der Mutter,
der rote Mantel, der Schal,
da ist die Einsamkeit seiner Hand, die sich klammern will an ihre.

In seiner Nische geborgen wartet er, irr gemacht von den Schatten der Menschen, die an ihm vorüberfliegen, in ihrer Vielzahl zu einem einzigen, von keinem Auge faßbaren Leuchten geworden, aus dem Einzelne hervortreten in Tänzen des Todes, wenn ihre Körper die Formation verlassen, fallen und zerstampft werden, er verschließt sich, löscht den Blick ... das alles existiert in Wirklichkeit nicht, ist nur ein Traum, den seine Mutter beenden wird, indem sie die Hand auf seinen Kopf legt wie immer, so legt er seine Hand auf seinen Kopf, damit der Traum ende.

Aber es ist kein Traum, das weiß er, wann immer sich die Masse teilt und er, nicht fern, etwas vom roten Mantel der Mutter sieht oder ein Stück des braunen Pappkoffers, dessen Inhalt Hunderte, Tausende Füße zermahlen.

Aber da war
nichts mehr
von ihr,
ein Stück des Kopfes wohl,
nichts von ihr,
das Haar,
die Hand davonfliegen sah er nicht,
und nichts von ihr, das er liebt,
und nicht den zerfetzten Koffer
und keinen anderen Körper,
zu dem er den Blick hinabsenken konnte,
nur den Beutel mit den Photos der Familie findet er,
hineingestoßen in die fahle Sicherheit eines Loches in der Straße,
er nimmt ihn mit sich, die Familie,
und wendet sich nach Norden, hinaus aus der Stadt, nicht

ohne seine Stimme, seine ungehorsame Hand, seine Kindheit und alles, woran er sich erinnern kann, neben dem roten Mantel abgelegt zu haben, nicht ohne das Haar gestreichelt zu haben, bis es nicht mehr da war.

Der Abend ein blauer Glasgang. Die Vögel in den Bäumen lärmen, die Insekten im Abend, nichts nimmt Anteil, die Natur kennt das Unheil der Menschen nicht. Etwas erleuchtet den Nachthimmel, färbt ihn rosa. Feuer. Asphaltgeruch brandet gegen die Waldkante, an der entlang er sich im Dunkel voranbewegt. Er setzt die Schritte so vorsichtig als gehe er über dünnes Eis. Gierig trinkt er das metallen schmeckende Wasser aus einem Hahn, erbricht sich, trinkt weiter, der Bauch krampft, das Herz zerschlägt ihm den Brustkorb. Die Beine verweigern ihm den Halt. So bleibt er liegen auf einem Stück nachtkalten Grases. Geschützt von Gestrüpp wird er übersehen von Männern, die der Stadt zustreben.

Er weiß nicht, ob er sie träumt oder ob sie sich wirklich über ihn beugen, ihm mit Taschenlampen ins Gesicht leuchten und mit Stiefelspitzen gegen den Leib stoßen und feststellen: *Der ist hin. Laßt ihn liegen.*

Und er liegt, mit offenen Augen, den Beutel mit den Photographien an sich gedrückt, ohne Atem.
Und erhebt sich in der Finsternis
und weint, schreit, redet.

Er braucht Mut. Er spürt die Mutterhand am Kopf: durchsichtige
Hände, helle Finger, aber immer, wenn er die Hand greifen will,
 ist da nichts,
 fällt er, haltlos im Schmerz.
 Hätte ich nur nicht, denkt er, hätte ich nur –

Was geschieht ihm? Die Nacht verbrennt grün, friedlich, lautlos.

Erblickt er frühe Feuer in kleinen Dörfern, durchhöhlt ihn eine
verzehrende Sehnsucht nach Wärme und nach ihrer Stimme.
Mutter. Vielleicht ist nichts von all dem geschehen, wer wird ihn
wecken, ihm sagen, daß es nicht geschehen ist. Wer. Er hält sich abseits, duckt sich flach ins kalte Gras, ganz Auge, ganz Atmen und
Lauschen, ängstliches Karnickelkind, das Menschen hört. Nordwärts geht er, immer nordwärts. Vom Vater lernte er, wie man aus
den Schatten, den Sternen, dem Sonnenstand die Himmelsrichtungen lesen kann. Wenn er an die Mutter denkt, kann er nicht
weitergehen, dann streckt es ihn zu Boden. Tagelang bleibt er in
einem scharfgeränderten Abgrund mit hohen alten Bäumen versteckt, bis er sich nicht mehr erbrechen muß, bis kein Fieber mehr
seinen Blick stiehlt, bis er erwacht in einem anderen Körper und
aufstehen kann, ohne die Hand der Mutter an seinem Kopf, in
seiner Hand zu spüren. Nur wenn er allein ist, spricht er, spricht
zur Mutter, die er fragt, wohin er nun gehen soll. *Ein Zug*, rät sie
ihm, *finde einen Zug, fahre zur Grenze, geh fort,* rät sie ihm. Er hört
ihre Stimme so deutlich, als beuge sie sich ganz nah an sein Ohr.

Als er nicht mehr weitergehen kann, legt er sich am Rande eines
struppig aussehenden Weizenfeldes nieder in einer Kuhle aus

flachgedrückten Halmen, warm noch von einem Tierkörper, in dessen Konturen er sich zusammenkrümmt, die Arme auf dem Kopf, über den Augen, daß nichts Böses ihn im Schlaf treffen kann.

Stimmen umhüllen seine Träume, vertraute Stimmen und fremde, und als er die Mutter sieht, die ihm ihre Hand entgegenstreckt, fährt er auf, naß ist er, vom Tau, vom Schweiß, er weiß es nicht. Ein Bauer steht vor ihm, mit einer Flinte, er schürzt die Lippen: *Wilderer erschießen wir, Dieben schneidet man hier einen Finger oder auch eine Hand ab. Aber was mache ich mit dir?*

Er kann sich nicht erheben, er kann nichts sagen, er findet keine Kraft, etwas zu tun.

Langsam läßt er sich zurücksinken auf sein Lager, läßt den weißgesprenkelten Himmel ausgesperrt, schließt die Augen, hört den Bauern um ihn herumgehen wie um ein Fundstück, hört ihn sagen: *Soll ich dich hier liegen lassen? Bist du was wert? Wo kommst du her?*

Abel Citrom heißt der Bauer mit dem breiten Kinn und den dunklen Kuhaugen. Seine Hände mit den schwarzgeränderten Fingernägeln folgen stets einer unhörbaren Melodie. Ein wirklicher Bauer ist Citrom nicht, ein Musiker ist er, umgeben von unzähligen Melodien in seinem Kopf, die ihn nicht wärmen. Trauer sitzt in den Augen dieses Menschen, dessen jungenhaftes Gesicht grau und voller tiefer Furchen ist, die im Gesicht eines noch nicht einmal Vierzigjährigen nichts verloren haben. Das Leben hat ihn aus dem Licht gestoßen, nun trotzt er der Erde ab, was sie freiwillig nicht hergeben mag, hier in den Bergen, auf deren Stein nichts freiwillig wächst außer der Stille, der Kälte, der Einsamkeit.

Einen Helfer kann er brauchen, der Citrom, darum hebt er seinen Fund auf die Schultern, schnalzt unzufrieden, als er merkt, wie klein und leicht der Bengel ist, er wird ihm die verfilzte Haarmähne abrasieren, wird ihn säubern und ihm frische Kleidung geben. *Mal sehen,* sagt Citrom zu sich, zu ihm, *ob aus dir etwas zu machen ist.*

Der Sohn des Citrom starb vor vielen Jahren, auch die Frau. *Hier in den Bergen,* sagt Citrom, *gedeiht kein Glück, wenn du es nicht schon zentnerweise mitbringst.*

Das Haus des Bauern duckt sich unter ein schwarzes Gewölbe alter Eiben, hinfällig ist der Stall, müde neigt sich das Wohnhaus in Richtung Abend. In einer Kammer, kaum groß genug, um einen Kinderkörper aufzunehmen, breitet Citrom eine Decke aus, legt ihn ab, betrachtet ihn und geht hinaus, geht in andere Räume des kalten Hauses. Zu wem spricht er, wenn er über seinen Fund spricht? *Jetzt wird er Fieber bekommen. Er wird nichts essen können. Wir geben ihm Tee und etwas Brei, es wird sich zeigen, ob er es schafft.*

Und wie angekündigt, bekommt er Fieber, hohes Fieber, und weder die salzlose Graupensuppe noch das Brot kann er bei sich behalten. Citrom legt weitere Decken auf ihn, aber er schüttelt sich, schüttelt den Tod ab, der schon an der Bettkante saß.

Als er das Fieber endlich hinter sich hat, ist eine Woche vergangen, und noch viel mehr Zeit, seit er aus der Stadt floh. Wie viel Zeit verging und was geschehen ist, das erzählt Citrom, während er ihn mit würzigen Suppen füttert.

Er bleibt bei Citrom. Er ist schmaler als ein Ast, den der Wind treibt, tief liegen seine Augen in den Höhlen, er redet nicht gern, und nur, wenn Citrom eines der Lieder in merkwürdigem Singsang erfindet, hebt sich sein Blick.

Die Angst ist eingeschlossen in dir, sagt Citrom. *Angst und Trauer verstecken sich, sie kommen als Schlafsucht, Appetitlosigkeit, Verstummen ans Licht. Kein Lied der Welt kann dich aufwecken aus dem Zustand. Du kannst nichts vergessen und nichts fortwünschen, das kann niemand, aber du kannst die lernen, die Wahrheit zu ertragen.*

Er hilft Citrom auf seinem Hof. Citrom ist kein guter Bauer, seinen Handgriffen merkt man an, wie fremd sie ihm in Grunde sind, ob es nun das Melken, das Reinigen der Geräte oder das Hinaustreiben der Tiere auf die Weide ist. Seinen Fingern ist nur das Gefühl eines Geigenbogens vertraut, nicht die Kälte der Axt, des Stahls, der ihm immer fremd bleiben muß, denn Waffe ist alles, was der Mensch erfindet. *Und wenn die Egge den Ackerboden aufreißt und das Saatgut in die Erde gebracht wird,* sagt Citrom mit einer blitzartig hochflammenden Wut in der Stimme, *dann ist auch das Eroberung und Herrschsucht, alles ist Eroberung, was der Mensch anfaßt, er kann nicht anders.*

Citrom redet ununterbrochen, wenn sie draußen sind. Er zeigt ihm die Felder, die er bewirtschaftet, die er vor Jahren anlegte mit seinem Sohn, und wenn er *Sohn* sagt, wird seine Stimme klein.

In Gedanken geht er über diesen Acker mit seinem Sohn, mit seiner Frau, in jedes Wort ist die Leere hineingewoben, in die Citrom gestoßen wurde, und Citrom ahnt diese Leere auch in seinem Schützling, der noch zu jung ist, um zu begreifen, was

ihm genommen wurde. Die Fülle aller Worte, die er ausgießt, kann nichts wegnehmen von dem Schmerz, der dem Jungen den Mund verschließt.

So sehr ihre Körper sich am Tag mit körperlicher harter Arbeit erschöpfen, so wenig finden sie abends in den Schlaf. Sie wenden sich hin und her im Schwebezustand zwischen Wachsein und Traumbild, nichts wird ruhig in ihnen. In der Stille des Hauses finden er und Citrom sich am Küchentisch ein. Beim Licht einer Petroleumlampe wiegt Citrom seinen Körper hin und her, als stießen ihn unsichtbare Hände. *Ein unscheinbares Mädchen war sie,* sagt er, *keine Schönheit. Wir heirateten zu jung. Sie war neugierig wie eine junge Katze als sie ins Haus meiner Eltern kam. Ich dachte, eine kräftige Faust könne sie zerdrücken, so klein und weiß war sie. Aber was sie klein und weiß war, war sie auch zornig und kämpferisch. Niemals konnte sie Ungerechtigkeit ertragen. Hart war sie gegen die Bösen und Eigensüchtigen. An meiner Seite blieb sie bis zum letzten Tag.*

Nur darum geht es, sagt Citrom, der die Augen fest geschlossen hält, damit er sie noch einmal sehen kann, *daß man jemanden hat, der nicht vor dir davonläuft, wenn du etwas Dummes machst, jemanden, der über dich lachen kann, und der dich zusammenhält, wenn etwas dich zerspaltet.*

Sie hatte keine Erinnerung an etwas Schönes oder Eigenes als neuntes Kind in einer armen Familie. Aber zusammen fanden wir Schönes und Eigenes. Ich brachte ihr ein bißchen Geigenspiel bei, sie lernte so schnell. Wir verdienten kleines Geld in Kaffeehäusern und auf Feiern, und manchmal bekamen wir ein wenig mehr als ausgemacht war, weil sie so wunderbar leuchtete, wenn sie spielte, sie leuchtete immer, wenn sie etwas tat, das sie liebte.

Als die Verfolgungen einsetzten, konnte sie es nicht hinnehmen. Ich wußte nicht, daß sie heimlich Flugblätter druckte und in Umlauf brachte. Ich wußte es nicht. Ich wußte nicht, warum sie auf der Straße von Polizisten und Milizionären zusammengeschlagen wurde. Und als sie das Erkennungsmal auf den Mantel aufnähen sollte, weigerte sie sich. Sie ließ sich lieber einkerkern, als den Mund zu halten. Sie sagte mir nichts. Sie wollte mich beschützen. Sie ging mit geradem Schritt auf ihre Feinde zu. Wenn man sie anschrie, schrie sie zurück. Wie sehr sich das dünne kleine weiße Mädchen verändert hatte in den Jahren der Verfolgung. Wie wenig Angst sie spürte im Gegensatz zu mir, der ich starb, wenn sie abends nicht heimkehrte von der Arbeit. Ich wußte nichts.

Dann kehrte sie wirklich nicht mehr heim.

Mir schickten sie einen Brief, von einer Behörde. Darin hieß es, sie sei ins Gefängnis überstellt worden, nachdem sie einen Beamten angegriffen hätte. Ich gab den Jungen zu den Nachbarn und machte mich auf zu einem Anwalt. Er versuchte, einen Besuch für mich zu erwirken.

Einmal noch wollte ich sie sehen. Aber der Anwalt kam mit schlechten Nachrichten. Ins Gefängnis J. habe man sie verlegt, eine Woche später in ein Lager.

Nichts, was wir taten, nichts, was der Anwalt sich einfallen ließ, konnte etwas bewirken. Es kommen so viele Leute ins Lager in diesen Tagen, sagte er. Es werden so viele Seelen verschoben, es wäre ein Wunder, sie wiederzufinden in dieser Völkerwanderung des Todes.

Eines Tages bekam der Anwalt einen Brief. Darin stand, sie wäre einer Krankheit zum Opfer gefallen. Den Brief sandte er mir, bevor er selbst verschwand. Er riet mir, mit dem Kind zu fliehen. Noch komme man hinaus. Ich solle mich verstecken. Weit weg von allen Städten, dort, wo es einsam ist und wo man sich einen neuen Namen zulegen kann und keiner fragt, woher der Name kommt und wer du bist. Seid unsichtbar, schrieb der Anwalt.

Manchmal träume ich, sagt Citrom, *daß ich sie noch einmal berühre, ganz leicht. Im Traum wiegt sie nichts.*

Ich bin hier nicht allein, weißt du, hier habe ich auch ein Leben mit ihr. Sie ist immer da, wenn ich die Augen zumache, wenn ich etwas sehe oder anfasse, das ihr gefallen hätte.

Er muß nicht die Augen schließen wie Citrom, um seine Mutter zu sehen.

Sie sitzt neben ihm,

er sieht sie,

so deutlich, daß ihm die Augen brennen und er die Finger ins Tischholz drückt, um nicht den Verstand zu verlieren.

In der Nacht spürt er ihre Hand in seinem Haar, wie man einen Menschen berührt, der verloren ist.

Morgen, denkt er im Wegdämmern, wache ich auf und alles war geträumt, ein einziger langer Traum, der sich auflösen wird.

Für ein Jahr lebt er in einem Paradies, näher bei den Tieren des Waldes als bei den Menschen, an der Seite Citroms in einem weißen Fleck auf der Landkarte, in einer Bucht der Stille, deren

Seiten durch dichte Wälder geborgen und deren Vorderseite von einem felsigen, unwirtlichen Reigen von Schluchten und Abgründen unzugänglich gehalten wird.

Er hilft Citrom, so gut es geht. Wenn sie die geraden Linien der Äcker abschreiten zu allen Jahreszeiten, schweigen sie miteinander, weil sie so vieles gehört haben und ihnen die Phantasie noch viel mehr ausmalt. Obwohl sie einander versichern, bereit zu sein für den Moment, da die Stille zerbrochen und die Wälder durchschritten werden, obwohl sie einander schwören, alles einzusetzen, was sie besitzen, vergehen sie doch vor Angst. Und immer häufiger kommt es vor, daß sie gar nicht miteinander zu sprechen wagen, aus Furcht, einer könnte des anderen größte Angst ausmalen oder sagen: *Dort kommen sie.*

So wechseln ihre Blicke zwischen der Erde, dem Wald, dem Gesicht des anderen und dem Himmel, dessen Antlitz immer öfter von Fliegern verdunkelt wird.

Abends spielt Citrom Theater, im Zittern dämmrigen Kerzenlichts, Strom gibt es hier nicht. Und wenn er einen guten Moment hat, findet Abel Citrom eine helle Melodie in seiner Violine, und es scheint unmöglich, daß dieser sich am Bogen seines Instruments aus der Welt fortstehlende Citrom der gleiche Citrom sein soll, der ihm aufgab, in der Nacht niemals Licht zu entzünden, der ängstlich vor und nach dem Tageslicht jedes Fenster fest verschließt, daß kein Laut und kein Lichtfunke die Wölfe anlocke. Er sprach nicht von den vierbeinigen Wölfen, sondern jenen, die mit verdunkelten Gesichtern, mit Waffen und blutigen Fingern eines Tages aus dem Wald brechen und auf ihr Anwesen zukommen werden. Aber mit seinem Instrument in der Hand ist es Citroms Aufgabe, seinen Schützling glauben zu machen, daß die Welt gut ist, daß es Schönes gibt, wonach er sich sehnen soll. *Singe*, sagt Citrom, *tanze, schrei, bewege dich, sitz nicht da und schau mich an*. Und er weiß: Citrom will ihn weglocken von der Erinnerung.

Was wir erinnern, ist nicht die Wirklichkeit, sagt Citrom und läßt es seine Geige singen, *du lebst in der Sehnsucht*.

Durch alles Dunkel der Welt bringt Citroms Violine etwas Helles in ihre Stube, Melodien, die allem, was dahingegangen ist, Atem geben, die für einen Moment zurückholen, was fortgenommen und untergegangen ist. Niemand kann das Verlorene so gut bergen wie Citrom an seiner Violine.

Er ist ein Schuldiger. Der Tag ist nicht fern, da er sagen muß, was er getan hat, wie er durch eine einzige Bewegung den Tod der eigenen Mutter verschuldete, indem er sie fortstieß, hinein in die alles zermahlende Menschenmasse. Keine Melodie und keine freundliche Geste Citroms kann trösten oder einen Gedanken auslöschen.

Abends sitzt die Mutter an ihrem Tisch, sie sitzt an seinem Bett, er spürt ihre Hand auf seinem Kopf, aber die Hand ist zu leicht, die Hand ist aus Luft, sie löst sich auf, sobald er sie greifen will. Er sehnt sich, der Atem bleibt ihm weg, er steht auf, er geht aus dem Haus, er denkt an die Worte der Mutter: *Finde einen Zug, fahre zur Grenze, geh fort*. Immer ist es diese Mahnung, die er von ihr hört. Er hört ihre Stimme so deutlich, er kann es Citrom nicht sagen. Citrom schickt ihm Melodien und Geschichten und er schickt Gebete und Wünsche, er versucht, die Tränen mit Worten zu bändigen, und merkt doch, daß hier keine Heilung gelingen kann.

Eines Abends setzt Citrom die Violine ab und sagt: *Sie kommen.*

Wer?, fragst du.

Heute morgen habe ich ihre Spuren gefunden, sagt Citrom. *Sie lagern im Wald. Sie stoßen nach Norden vor. Sie werden hier durchkommen und sie werden sich alles nehmen. Sie lassen nichts übrig. Sie werden kommen und sie werden gehen und wir sollten nicht hier sein, wenn es soweit ist.*

Der Müdigkeit entrissen blickt er Citrom an. Das heißt Flucht.

Wohin gehen wir?

Weit weg.

Werden wir zusammen gehen?

Wir müssen uns trennen, sagt Citrom. Er legt die Geige mit der gewohnten Zärtlichkeit in ihren Kasten. Ohne seinen Schützling anzusehen, sagt er: *Ich werde auch gehen. Aber ich kann nicht mit dir kommen. Ich bin nicht schnell. Ich bin nicht unauffällig. Wir müssen uns trennen, jeder geht für sich. Ich gehe zum Meer. Dort kämpfen sie nicht.*

Ich komme mit dir.

Nein, sagt Citrom, *du hast eine andere Reise vor dir. Du mußt zur Grenze und ich ans Meer.*

Jetzt sieht Citrom so müde aus, als habe er alle Zeitalter durchlebt.

Wir verstecken uns, sagt er.

Citrom schüttelt den Kopf.

Der Wald ist groß, es gibt Höhlen ...

Citrom schüttelt erneut den Kopf: *Nein. Kein Wald ist groß und dicht genug, um uns vor ihnen zu verbergen. Es ist Winter. Wie willst du überleben, ohne ein Feuer zu machen, das uns sofort verrät?* In Citroms blassem Gesicht ist eine solche Traurigkeit, daß er keinen

Widerspruch wagt. Es gibt nichts, um das er bitten kann. *Sei nicht traurig*, sagt Citrom, *sei froh, daß wir rechtzeitig fortkommen.*

———

So steht er am Morgen im flutenden Dezemberlicht, das alle Furcht auswäscht, so daß sich seine Schritte in Richtung Norden der unsichtbaren Führung durch seine Mutter anvertrauen. Als er fortgeht, entdeckt er einen Schatten, der sich in seinen webt, einen wiegenden, lautlosen Schatten, und er denkt: Mutter. Und dreht sich um und sieht in das Gesicht Citroms, der mit dem in einen Leinensack gewickelten Geigenkasten hinter ihm geht: *Was soll ich am Meer, lieber passe ich auf, daß du nicht in die falsche Richtung gehst.*

Er erinnert sich später vor allem an die Nächte: an die spärliche Wärme, an die eisigen Finger Citroms, die keinen Ton aus der erfrorenen Geige zu holen vermochten. Und daß ihnen dennoch ab und an verstohlen jemand etwas in den geöffneten Geigenkasten warf. Er erinnert sich an Schlafplätze in Höhlen und verlassenen Häusern, an Lichtkegel, die auf bereiftem Glas wandern, an grauweiße Gestalten, die ihre Wege kreuzten, auftauchten und wieder verschwanden wie Einfälle. Er erinnert sich, daß Citrom immer etwas übrig ließ von dem Wenigen, das sie zu essen hatten: *Ich brauche nichts, aber du hast Hunger.* Und er erinnert sich an die Scham, weil er das Angebotene hastig herunterschlang. Er denkt an die geleerten Scheunen, in denen noch der Heuduft hing und die sie besser aufnahmen als alle Menschen, denen sie begegneten, die, wenn sie um etwas zu essen baten, die Tür zuschlugen. Er erinnert sich an den Mann mit dem Gewehr in einem leeren Haus, in dem sie hatten übernachten wollen. Der Mann saß auf einem Stuhl, er richtete sein Gewehr auf die Eindringlinge, die zurückwichen. Das Gewehr blieb auf sie gerichtet. Da hatte er den Einfall, Citroms schönste Melodie zu singen. Er begann mit flatternder Stimme, und endlich senkte der Mann das Gewehr und betrachtete die schmalen Gestalten, die er vielleicht nur träumte, und ließ sie gehen. Er erinnert sich an das Entkommen, an das Stechen in der Lunge und in den Beinen und an die Stürze und wie der Schnee um seinen Körper herum schmolz, als er endlich liegen blieb und glaubte, nie mehr zu Atem zu kommen. Er erinnert sich später an die schneebedeckten Menschen am Rand einer Straße, die Körper übereinandergestapelt, und an Citroms Hand, die nach seiner Hand griff, wie einst die Mutter seine Hand genommen hatte, um ihn wegzuholen von all dem Schlimmen, das sie umgab. Doch seine Augen füllten sich dennoch mit Unerklärbarem: Krähen, die nervös herumliefen auf diesem weißen Haufen und blutige Schnäbel hatten von der Mahlzeit. Er erinnert sich an die schlaflosen Stunden, in denen er mit Citrom sprach und im Halbschlaf nicht zu unterscheiden vermochte, ob Citrom ihm antwortete oder die Stimme der Mutter. Er erinnert sich an die Schmerzen im Körper, verursacht von Kälte und Müdigkeit, und an das ruhelose Wandern dieses Schmerzes durch alle Glieder. Sie standen ratlos vor Straßensperren, zurückschreckend vor ihresgleichen. Wie fremd ihnen andere Menschenlaute und -gerüche schon geworden waren! Er erinnerte sich an die Wäscheleine, von der sie

eine fast neue Hose und eine Jacke stahlen, so daß niemand ihnen ansehen konnte, was hinter ihnen lag, als sie den Bahnhof in der Grenzstadt erreichten. Am Bahnhof kam Citrom mit einem frischen, noch warmen Brot. Freudestrahlend hielt er es ihm hin: *Iß, iß dich satt, ein herrliches Brot, nicht wahr?* Aber was waren das für Tränen in Citroms Augen, als er aß. Und wo war der Geigenkasten geblieben?

Ein Tag im Dezember

Auf wie viel vergossenem Blut fährt so ein Zug dahin! Jedem Stahlglanz tausendfach geschliffener Geleise ist das tiefe Rot vergossenen Blutes eingeschrieben, und schon als der Zug einfuhr in die Halle, ihn einhüllte mit seinen Gerüchen von heißem Öl, Lack und Metall, wußte er, daß mit dem Vorsatz, den Zug zu besteigen, sein Leben eine Wendung nehmen sollte. Nicht nur hatten sie drei Stunden im Eisglanz dieses Dezembertages zusammen mit verdrossenen Männern, Frauen, Kindern, Tieren ausharren müssen – als sie endlich, völlig durchgefroren, den Zug betreten durften, fanden sie sich in eisblumenbeleckter Kälte sitzend: Die Heizung war ausgefallen! Citrom fror schlimmer als er, alles an ihm bebte, doch konnte das Beißen der Kälte nichts fortnehmen von seiner Freude. *Wir haben zu essen und zu trinken,* sagte er und hielt den Leinenbeutel mit dem Rest des Brotes fest wie einen Schatz, *was soll uns passieren? Der Zug wird fahren. Wir essen und singen und denken an morgen!*

Es wird ein Unheil geben, sagte der alte Mann, der ihm gegenüber saß, mit einer an Narretei grenzenden Fröhlichkeit und wickelte sich ein Butterbrot aus. *Die Nächte,* sagte der Alte kauend, seien in diesen Tagen von astronomischen Störfeuern durchgeistert, man sehe Mars hinter einem grünen Glanz versteckt, der Jupiter sei nun fast mit bloßem Auge erkennbar, und die Plejaden – *Sie kennen die ganz traurige Geschichte der Göttin Taygete, die sich den Nachstellungen des unersättlichen Zeus nur durch Selbstmord zu entziehen wußte?* – stünden als flammendes Siebengestirn so hell am Himmel, daß man sie bereits am späten Nachmittag klar und deutlich sehen könne. An diesem Morgen, so der Alte weiter, habe die Katze seiner Hauswirtin ein Junges mit zwei Köpfen geboren und am Boden seiner Teetasse habe er, geformt aus Teeblättern und den Krümeln des eingetunkten Brotes, das Antlitz des *Gehörnten* gesehen. Und der Alte hatte sich vorgebeugt zu ihm und leise wiederholt: *Der Gehörnte war es.*

Ja, nickte die Frau neben dem Alten, das Unheil stehe förmlich vor der Tür, man müsse nur in die Zeitungen sehen. Am heutigen Morgen habe sie einen Fisch gekauft, der ihr, wie das so üblich sei, in eine Zeitung gepackt überreicht wurde. Sie habe diese Zeitung wirklich nicht lesen wollen, doch als sie den Fisch auswickelte, habe sie gelesen, daß ...

Die sieben Plejaden trugen folgende Namen: Alkyone, Asterope, Elektra, Kelaino, Maia, Merope und Taygete, fuhr der Mann dazwischen, *sieben Göttinnen, die zu Lebzeiten Opfer von Unzucht, Vergewaltigung und Mord waren und ...*

Bitte, sagte Citrom, sich zugleich an den Alten und an die Frau wendend, *ich glaube nicht an Zeichen, nicht an die Sterne und an Unglücke, wir sollten uns nicht verrückt machen. Ich bitte, Sie, lassen Sie uns in Ruhe, mein Sohn fährt das erste Mal mit dem Zug, er ist unruhig, machen Sie dem Jungen keine Angst, ich bitte Sie!*

Das erste Mal mit einem Zug ..., echote die Frau und warf einen prüfenden Blick auf Citrom und den Jungen. Der alte Mann kaute beleidigt, beugte sich dann aber doch zu seiner Nachbarin, um ihr vernehmlich zuzuflüstern: *Glaubt nicht ans Unglück, daß ich nicht lache, der Herr ist sicher Philosoph oder Schlimmeres.* Dann stopfte ihm die Anfahrbewegung des Zuges die Worte zurück in den Schlund, ein Koffer stürzte herab, im Gang fiel ein Schaffner auf alle viere.

Er hatte die Augen fest auf die milchig vereiste Scheibe gerichtet gehalten, hatte nichts hören wollen von dem Lärmen des Geschwindigkeit aufnehmenden Zuges, hatte die Augen geschlossen, als seine Mitfahrer mit Feuerzeugen die Eispanzer des Fensters abtauten und draußen sich, mit furchtbarer Schnelligkeit, Landschaftsfetzen durch dichtes Gewölk schoben.

Nichts wollte er hören von den Gesprächen der anderen, tief schlafen wollte er und erst erwachen am Ende des Gleises.

Plötzlich kippte die Welt, hatte sich die schwarzweißstreifige Landschaft in den Himmel gedreht, hatte sein Blick sich durch einen Tunnel von stürzendem Glas, fallenden Körpern, Schnee, Kunstledersitzfetzen und aufplatzenden Gepäckstücken verengt.

Wem er später davon berichtete, dem erklärte er, daß so eine Zugentgleisung keine Zeit lasse für Schrecken. Es gebe kein Denken, kein Fluchen, Lamentieren, Erschrecken, zu schnell gehe alles.

Der Zug bohrte sich an einem stillen Tag im Dezember in die Erde. Von Weitem sah man die schwarze Wolke aus Vogelleibern, die aus weißen Baumkronen in den Himmel hineinstürzte und den Tag in Stille und Schwärze teilte.

Noch zitterte in der Luft das Echo derer, die für immer verstummten, die Atemstöße derer, die keinen Atem mehr hatten, die Aufschreie und das Entsetzen jener, die eben noch hinausblickten in eine friedvolle, von keinem Laut und keiner Farbe durchbrochenen Landschaft, die einzig von der schwarz und regelmäßig bis an einen vermuteten Horizont sich hinziehenden Bahnlinie durchschnitten wird, die Verheißung auf eine Ankunft, die nicht mehr stattfinden wird.

Es hatte ihn erstaunt, daß er sich später in einem Krankenzimmer wiederfand und daß niemand ihm antworten konnte oder wollte, wenn er nach Abel Citrom fragte. Niemand hatte einen Abel Citrom gesehen. Alle Überlebenden waren in dieses Krankenhaus gebracht worden. *Citrom!*, rief er. Man verbat ihm zu rufen. Er schrieb an die Wand: *Abel Citrom, ich bin hier!* Nachts summte er Citroms Melodien. Er ist noch da, dachte er. Bestimmt will er nicht gefunden werden.

Sie sagten ihm, er habe unheimliches Glück gehabt. Unheimlich, dachte er. Das Unheimliche des Glücks. Sie sagten ihm, er habe überlebt, weil er eingeklemmt war zwischen zwei Personen, die ihn mit ihren Körpern wärmten, wo andere erfroren. Er verbohrte den Blick in den Kunstblumenstrauß auf dem Nachttisch. Er versteckte sich im Schweigen. Ob er sich denn nicht freue, noch am Leben zu sein –? In weißen Kitteln kamen sie und stellten ihre Fragen und bohrten mit den immer gleichen Fragen in ihn hinein, Fragen, die ihm jedes Mal unverständlicher wurden. Ans Glück glaube er nicht, sagte er, Glück existiere nicht, das Leben habe nichts mit dem Glück zu tun. *Welches Glück hatte*

Abel, dessen Körper mich wärmte und rettete, während er selbst tot ist? Ist etwas von ihm noch da?

Er empfand nicht die Dankbarkeit, die sie von ihm erwarteten. Er sah den Zug, er sah Abel Citrom, er dachte an den Weg, den er nun allein gehen mußte. Es hätte alles ganz anders sein sollen, dachte er.

Hier hast du dein Bein wieder, sagten sie, als sie den Gipsverband abnahmen. Es sollte noch viele Wochen dauern, bis das kaputte Bein wieder funktionierte. Ungläubig betrachtete er die gesunde Haut, die hellen Narben darin: Es war alles ganz, nichts deutete mehr auf die Zerschmetterung hin, außer einem kleinen scharfen Schmerz, wenn er auftrat. *Du kannst gehen,* sagten sie ihm, *du bist wieder gesund.* Was sollte er antworten, wenn sie ihn fragten, ob es ihm gut gehe? Er nickte. Ja, es gehe ihm gut, er fühle sich gesund. Seine Seele zitterte. Ihn umgaben riesige Räume, in denen er sich auflöste. In der ganzen Welt war niemand mehr, der seinen Namen kannte, niemand, der ihn kannte. Ob er sich imstande fühle zu gehen? Ja, sagte er, dazu sei er imstande. Er trat fest mit dem reparierten Bein auf. Er sagte nichts von dem Schmerz, wenn er sich erinnerte, wenn er an die Mutter, an den Vater, an Abel dachte.

Als er im Garten des Krankenhauses die Wärme der Sonne auf der Haut spürte, hielt er die Hände ausgestreckt, es war aus ihm herausgebrochen, ein unbezähmbares Lachen und Weinen, und er war herumgelaufen, bis sie ihn einfingen wie ein durchgehendes Tier.

Die Himmelsrichtung der Hoffnung

Er zog von Stadt zu Stadt. Er war jung, nichts gehörte ihm, niemand gehörte zu ihm. Kein Ort vermochte ihn zu halten. Beim Nachdenken über Verlorenes wurde in ihm alles taub. Manchmal saß die Mutter jetzt so fremd neben ihm, so durchscheinend, daß er ihren Namen mehrfach aussprechen mußte, um ihre Umrisse nicht zu verlieren. Die Kindheit war schon so weit entrückt, eine tote Haut, die er abgestreift hatte. In der Ferne hörte er Menschenstimmen, sah, wie die Leute dahingingen auf den schmalen Wegen zwischen Häusern, die wie verschobene, abgenutzte Möbel herumstanden, sah, wie die Stadt sich gegen die festen Wände der Berge stemmte, sah, wie sich Menschen aus Bussen oder Autos schwangen und schnell in Häusern verschwanden.

Ein VERSCHWINDENSLAND, hatte er damals gedacht, mit den Worten, die ihm aus der Kindheit vertraut waren.

Er gab sich für jeden Anlaß einen anderen Namen, er gewöhnte sich daran, niemandem seinen wahren Namen zu sagen. Er lebte in überfüllten Häusern, in Räumen, die viel Platz bedeutet hätten, wären sie nicht von so vielen Menschen gleichzeitig bewohnt worden. Zehn Pritschen auf fünfundzwanzig Quadratmetern, auf denen sich die Alten ausschliefen, die Hände um die Köpfe geschlungen, die Beine nach kindlicher Art an den Leib gepreßt. Die Jungen hockten daneben oder lungerten in den Fluren herum, rauchten, versuchten der endlos sich dehnenden Zeit mit Witzen oder Anzüglichkeiten zu entkommen, bis auch sie auf die Pritschen durften. Die Räume waren voller Spieler und Tagdiebe, Narren und Alkoholiker, ewig Verstummten und unablässig vor sich hin Plappernden. Ab und an ein Musiker, ein Musiker wie Abel Citrom, dessen Gesicht er in jedem Geigenspieler mit fest verschlossenen Augen erkannte. Er sah in jeder Frau, die mit hochgezogenen Schultern ein Kind hinter sich herzog, seine Mutter.

Manche Tage waren warm und zum Weinen schön. Er teilte sich die Welt mit den Träumern an der Seite der Kinder, denen die Höfe gehörten, saß zwischen Katzen, Hunden und Frauen, die selbst im geringsten Winkel eine kleine Küche errichteten. Er hörte Gebete, die nicht seine waren, Lieder, die er nicht mehr vergessen konnte, und stellte sich die vielen Götter vor, zu denen gebetet, denen geflucht wurde.

Er kam und ging, wie es ihm gefiel, aber niemals blieb er lange an einem Ort. Immer mahnte ihn die Stimme seiner Mutter, zu gehen.

Morgen ist ein neuer Tag. Der erste Tag im neuen Land! Da wird die alte Heimat bereits Erinnerung sein, wird man sich den Staub der Vergangenheit aus den Kleidern gewaschen haben. Sie waren stundenlang dem Licht entgegengegangen. Man hatte ihnen Schnaps gegeben, sie hatten Lieder gesungen. Weit trugen die Melodien sie hinaus. Das Ziel schon erreicht in den aufgewirbelten Gedanken. Mit reinen Kleidern in die neue Existenz, mit sauberem Gesicht wollten sie vor jene treten, die nicht auf Flüchtende warteten, und mit hellem Blick alles aufnehmen, was in Bälde Heimat sein sollte. Wie ein kaputtes Körperteil ist die Herkunft manchem schon aus dem Körper geschnitten. Wo alles Kommende ungewiß ist, finden sich schnell neue Freunde. Wie altvertraut völlig Fremde miteinander tuscheln: Wo man wohl einen Paß bekommt? Ob es Arbeit gibt? Ob die Ärzte bezahlbar sind, ob man die Sprache des neuen Landes rasch lernen wird …? Hast du eine Zigarette? Teilst du dein Essen mit mir, ich habe Hunger. Erzähl mir etwas, ich kann nicht schlafen.

Schweiß stand auf allen Stirnen, zur Hitze der Gedanken kam die Hitze von außen.
 Es war für die Jahreszeit ungewöhnlich heiß. Blütenstaub aus fernen Ländern färbte die großen Quellwolken über dem Horizont giftgelb und das, was sie weit entfernt als die Anhöhen des neuen Landes zu erkennen glaubten, glühte in einem staubigen Ockerton. Doch hinter jeder neuen Kurve hoben sich neue Horizonte aus dem staubigen Dunst, neue Fernen, auf die sie unbeirrt zugefahren waren und die doch, wie es schien, keinen Meter näher kommen wollten.

Dann war der Zug Richtung Grenze angehalten worden. An das Kreischen der Bremsen, an die herabstürzenden Gepäckstücke, die überraschten Aufschreie und die einsetzende Stille erinnert er sich gut, und wie in diese jähe Stille hinein die Stimmen und die Stiefelschritte der Milizionäre mit peinigender Lautstärke eindrangen.

Die Milizionäre waren junge Männer mit übermüdeten Kindergesichtern und unruhigen Händen, die sich an schweren Waffen festhielten, während sie durch die Waggons gingen, ohne Hast, eine sichere Beute taxierend. Auf ihre uniformartigen Jacken waren Namensschilder aufgenäht, doch war es müßig, diese Namen zu lesen – immer war es der gleiche Vorname, dem der auf einen einzigen Buchstaben gekürzte Familienname folgte. Das Unrecht artikuliert sich in einer farblosen, zu Bruchstücken zerschlagenen Sprache. Er sollte diese Sprache niemals mehr vergessen, ihre rohe Knappheit, ihren Klang, der ihn schaudern ließ. Es war ihm unmöglich daran zu denken, daß in derselben Sprache die schönsten Epen geschrieben worden waren, die Märchen und Träume seiner Kindheit, die Lieder, die seinem Volk förmlich aus dem Leib gesprungen waren, wenn es glücklich war.

Aus den Mündern der Milizionäre sprang das immer gleiche Wort, das sie sich teilten ohne Gefühl, ohne Blick für jene, denen ihr monotoner Singsang galt, das Wort entkam ihnen mit mechanischer Stetigkeit: *Raus. Raus. Raus!*

Jeden trieben sie hinaus, selbst den Zugführer, die Schaffner, die Techniker und die Mitarbeiter des Speisewagens, hinaus in die nach heißem Gras, trockenem Laub, brennendem Holz und erhitztem Metall riechende Landschaft. Dort standen sie lange schweigend, atmend, schwankend zueinandergereiht. Die Angst malte ihnen jedes Vorstellungsvermögen übersteigende Schreckensmomente aus.

Die Menschen blieben reglos. Niemand begriff. Ungläubig saßen sie zusammengekauert in den Abteilen, manche, schien es, mußten sich erst wachsehen und -hören, mühsam kehrten sie zurück aus der schon zum Greifen nah geglaubten neuen Existenz in diese grauenhafte Gegenwart.

Raus, sagten die Milizionäre, *raus. Raus.* Nicht alle folgten dem Befehl. Ein alter Mann etwa blieb ruhig sitzen, lächelte die Milizionäre an, hob ihnen, als sie ihm schon ungeduldig ihr *Raus!* entgegenschleuderten, sein Billett entgegen und erst, als er mit blutigem Gesicht zusammensackte, standen jene auf, die das für einen Irrtum gehalten hatten oder für eine Übertreibung, die sie selbst nichts angehe. Die Frau, die neben dem Alten gesessen hatte, sagte: *Er war taub! Er konnte sie nicht verstehen.*

Er hatte die Szene mit angesehen, hielt danach den Kopf gesenkt, den Blick stets abgewandt. Nirgends durfte nun das Auge festsitzen, zu groß war die Gefahr, aufzufallen. Wer jetzt auffiel, und wenn es nur durch einen unvorsichtigen, gar neugierigen Blick war, der war schon verloren. *Laß dein Gesicht nichts zeigen,* flüsterte ihm die Stimme seiner Mutter ein, *zeige keine Furcht, kein Anbiedern, nichts!*

Mit erhobenen Händen ließ er sich vorantreiben. Seinem an die Erde gehefteten Blick entgingen die Grimassen der Milizionäre, die erstarrten Mienen seiner Mitgefangenen.

Werde durchsichtig, sagte die Mutter. *Sie sollen dein Herz sehen, deine Lungen, sie sollen sehen, daß du sterblich bist, es gibt keinen Grund, dir etwas anzutun.*

Er atmete aus, ein, aus, mehr schon Licht und Luft als Fleisch und Umriß. Doch trafen auch ihn die Tritte und Stockschläge, von denen die Schergen großzügig an alle austeilten, und er nahm es hin. Er preßte die Lippen aufeinander. Schweigen!

Laß dein Gesicht nichts zeigen, sie werden dich übersehen, es geht nicht um dich!

Man signalisierte ihnen zu warten, *in Reihen*. Man schrie sie an. Er war erstaunt, wie viele es ihm gleich getan und versucht hatten, unsichtbar zu sein. Als er den Blick einmal hob, sah er weiße Gesichter, maskenhaft geworden in ihrer Erstarrung: halb geschlossene Augen, fest versperrte Münder, bebendes Atemwerk. Ganze Galaxien voller Verzweiflung in den Hirnkästen, die sich füllten mit Visionen des eigenen Endes. Im Staunen wurde er unvorsichtig, hob den Blick weiter an und sah: Es waren Hunderte, die wie er versucht hatten, als unauffälliger Zugpassagier an die Grenze zu kommen. Hunderte, die einem falschen Wink, einer falschen Hoffnung, einem Schlepper aufgesessen waren. Hunderte ... und er einer von vielen, die den Blick nicht zum Himmel zu richten wagten aus Furcht, ihn nie wieder zu sehen.

Es war nicht etwa die Lautstärke der Stimme, die in die eingetretene Stille hineinplatzte und sie ins Mark traf, sondern ihre Härte, die wütende Heiserkeit, die an die umkippende Stimme eines Pubertierenden erinnerte, und die Schärfe der Worte, wie sie von jenen benutzt wird, die keinen Zweifel an ihrem Tun kennen. Die Stimme gehörte einem auffällig kleinen Mann, einem

Pykniker, einem rotköpfigen Choleriker, grobporig, schwitzend, das schwarzgraue Haar in Strähnen an der Stirn klebend, der Mund klein und rund. Ein geborener Uniformist mit zahlreichen Abzeichen und Plaketten am Revers. Die Wartenden verstanden kein Wort, das er schrie. Sie tauschten unscharfe Seitenblicke, ahnten, wenn sie dem harten Klang nachlauschten, eine furchtbare Entschlossenheit und Wut in dem ihnen mehr als Fabelwesen denn als Mensch erscheinenden Burschen.

Der Zug strahlte die über Stunden hinweg aufgenommene Wärme der Sonne ab, er glühte in der scharfen Mittagssonne, als wollte er seine Konturen verbrennen. Die steile Sonne des Mittags gönnte den Gefangenen keinen Schatten.

Sie werden dich übersehen, es geht nicht um dich, sie werden dich übersehen, sie werden dich übersehen ...

Im nächsten Moment stand der Pykniker vor ihm. Er gestikulierte. Schrie ihn an. Rief die immer gleiche Phrase und bekam keine Antwort, was ihn noch lauter schreien ließ. Eine herrische Kinnbewegung an den neben ihm Stehenden: *WER IST DAS?*

Fliegende Finger in einem Notizblock. Das überlaute Rascheln heftig durchblätterten Papiers.

IST ER DAS?

Er hatte die Hände erhoben *(das Gläsernsein nicht vergessen!)* und den Kopf geneigt, den Oberkörper zur Erde gebogen, er hatte sich dargeboten, und leise sagte er immer wieder: *Verzeihen Sie.* Eine kleine tröstliche Kette, die seinem Mund entströmte. *Verzeihen Sie, ich bin niemand,* sagte er in die Erde hinein. Unendlich weit entfernt, unendlich weit über ihm, knallte einem Peitschenschlag gleich das Auflachen des Pyknikers. In seiner heiseren Stimme ein rettender Funke von Amüsiertheit und in der Stimme des Nebenmannes die erlösende Gleichgültigkeit: *Er ist niemand.*

Worte füllten seinen Kopf. Textfetzen der Lieder, die sie vor kurzem noch gesungen hatten.

LANGSAM WACHSENDER TAG. Die weiße Hand meiner Liebsten. Niemals mehr kehre ich zurück. Er ließ sich den Kopf füllen mit sinnlosen Worten: *ENGEL AUS STANNIOLPAPIER, FAULIGER MORGEN,* Zeitungsworte, irgendwo aufgeschnappt, vom Sausen der Gedanken ausgespuckt: *UNDURCHDRINGLICHE ZONEN. SCHWARZES LAND, KONTROLLIERTE BEWEGUNGEN.*

Bilder trudelten herbei. Die Großmutterlippen, schmal und fast blau. Singend. Aus schwarzer Erde herausgegrabene Kartoffeln. Hände. Blut. Ein ausgeschlagener Zahn. Mutters roter Mantel. Schnee. Eis. Nacht. Tag. Hunger.

Er schloß die Augen. Ich bin niemand und nicht da.

JAG DER WELT NICHT HINTERHER.

Er dachte an Citrom. Wieso mußte er lächeln?

Jede Katastrophe benötigt Buchhalter. Staunend verfolgte er das akribische Aufnotieren von Unnötigem, Vermutetem, das eifrige Protokollieren jedes Befehls, Zahlenkolonnen und Anweisungen. Fortgesetzt schallten Befehle, Formulare wurden ausgefüllt und herumgereicht. Die Fragen der Milizionäre blieben unbeantwortet.

Endlich waren der Pykniker und seine Schergen am anderen Ende der Reihe der Wartenden, weit genug weg, daß er sich den Blick zum Himmel erlaubte, wo giftgelbe Wolkentürme vor die

Sonne traten. Sehnsuchtsvoll folgte sein Blick einem schwarzen Vogel, der sich mit weiten Flügelschwüngen immer höher in die Luft erhob, CORVUS CORAX, Kolkrabe, dachte er, Corvus, Corvus. Er band, um das quälende Warten auszuhalten, diese beiden Worte zu einer Endlosschleife zusammen, die jeden anderen Gedanken in ihm abtötete:
    Corvus, Corax, Corvus, Corax, Corvus ...

Der zähe Morgen,
die kleine Lautlosigkeit,
die schweigsame Tochter der Angst.
Die Himmelsrichtungen
der Hoffnung,
die Pole der Angst,
der Geschmack des Lichts im
letzten, wahrhaftig letzten
Augenblick,
wenn die ganze Welt noch einmal eingeatmet,
noch einmal gesehen werden will,
noch einmal berührt werden möchte.

―――――

Einer hatte ihn in die Seite gestoßen:
    JETZT!,
    und war losgerannt
    und er, *Corax!* denkend, war

hinterher gelaufen,
JETZT!,
er hatte die Schreie gehört,
die ihnen folgten,
er hatte nicht die Unruhe gespürt, nicht die Panik bemerkt, von der später in Berichten zu lesen war, er wußte nichts von dem Aufruhr, den die Masse der Flüchtenden, die man in einem leerstehenden Fabrikgelände internieren wollte, anzettelte. In den hintersten Winkeln drängten sich die Leiber, Körper an Körper im Dunkel, Fremde, die einander an den Händen faßten für ein wenig Trost.

Später, viel später hieß es, sie alle seien gestorben am Ausbruch einer Form von Grippe, dreihundert Menschen.
TRAUMLOSER ORT sollten jene diese Fabrik nennen, die gesenkten Blickes vorübergingen und beschworen, niemals etwas gehört, gesehen, gerochen, gewußt oder geahnt zu haben.

Land kaputt, Frauen schön

Er war jung, er hatte sich ganz dem Anderen überlassen. Der Andere, der sich Išiner nannte, kannte das fortwährende Lauschen auf Gefahren, den hellen Schlaf, der beim leisesten Laut den Körper hochfahren ließ wie eine Klinge, die Muskeln hart angespannt unter den dünnen Schichten von Kleidung. Sein Körper konnte auskommen ohne Wasser und Nahrung und Wärme, wie es schien. Dieser Išiner war ein scheinbar ohne Erschöpfung schreitender, rücksichtslos gegen sich selbst jeden Weg bergauf und bergab nehmender Körper, dem Hitze und Kälte, bitter schmeckendes Wasser aus rostigem Hahn und das Verdauen fauligen Obstes nichts anhaben konnte. Ein schwer atmender, unaufhaltsamer Körper, dem das Haar im Nackenschweiß immer dunkler wurde, der sich die Erschöpfung mit Schreien und Selbstbefehlen aus dem Körper trieb. Immer rascher und weiter glaubte dieser Išiner gehen zu können, sprach dabei halblaut und unablässig vom richtigen *Fluchtgang*, welcher intensiv und gleichmäßig sein müsse, ein Gehen aus der Körpermitte heraus, automatisiert, so wenig an Kraft kostend wie möglich, ein Gehen ohne zu denken.

Wir gehen viel zu rasch, wir bringen uns um. Ich kann nicht mehr weiter, hatte er zu Išiner gesagt, aber der hatte ihm, ohne den

Schritt zu verlangsamen, zugerufen: *Du willst zur Grenze? Dann lauf. Wenn du stehen bleibst, bist du tot.*

Sie waren in einer menschenleeren Gegend. Der Anblick der dichten Wälder und schattigen Wiesengründe, auf denen verlassene Höfe standen, schreckte ihn. In dieser Welt hatten Tiere und Witterungen das Sagen. Wenige Tage zuvor noch hatte ihn der Anblick menschenfernen, verwilderten Landes glücklich gemacht. Nun jedoch bedrückte ihn die Natur, die seiner Erschöpfung gleichgültig gegenüberstand. Die Stille war nicht friedlich, sie war unerträglich. Durst, Hunger und Müdigkeit bohrten sich durch die Empfindung von Geborgenheit, die ihm der Blick ins wildgrüne Herz dieses Landstrichs schenkte.

Er hatte seine Körperkräfte überschätzt. Die Blasen an seinen Füßen hatten sich entzündet, waren aufgeplatzt, nun schickte jeder Schritt wilde Qual in seinen Körper, der, wie es schien, vor der Auflösung stand, den nur noch die feinsten und schmerzerfülltesten Muskelfasern zusammenhielten. Unmöglich konnte er den Weg ins neue Land schaffen. Endlos war das Land, endlos der Hunger, die Strapazen. Verloren alle Reserven. Als er zusammengebrochen war, hatte Išner ihn zu einer Böschung getragen, wo sie im Dickicht verborgen einige Stunden im Halbdämmer lagen, er in fiebrigem Schlaf, Išner lauschend, mit witternden Sinnen, die Hände gegen das Erdreich gepreßt, als könne er herannahende Schritte erspüren.

Sie hatten Nahrung gestohlen. Er war erstaunt gewesen, wie leicht man Nahrung stehlen, wie schnell man rennen konnte.

Doch das Stehlen war keine Lösung, die Beute oft mager. Sie aßen verholzte graubraune Äpfel von alten Bäumen. Die Äpfel schmeckten bitter und verursachten ihnen bohrende Magenschmerzen, doch sie fraßen den Baum fast leer. Später erbrachen sie sich.

Wovon sollen wir leben?, fragte er Išiner. Išiner fauchte ihn an: *Woher soll ich das wissen, ich bin nicht deine Amme, sieh dich um, finde etwas. Immer fragst du mich! Frage dich selbst! Geh los.*

Die Häuser, die sie vorfanden, waren verlassen. Mit vorgestreckten Nasen, witternd wie Raubtiere, gingen sie hinein in diese leeren Behausungen, Hütten, Gehöfte. Einmal war es auch ein ganzes Schloß, in dessen Fluren Vögel irritiert gegen gemalte Himmel stießen. Einigen dieser Vögel machte Išiner den Garaus. Daraufhin verschwanden die überlebenden durch alle Fenster, ein einziger gemeinsamer Flügelschlag. Er hatte denken müssen, daß nun die Vögel vor ihnen flohen, wie sie vor ihren Häschern. Immer ging es ums Leben, um das Nichtgefangen-, Nichtgesehenwerden.

Sie suchten nach brauchbaren Dingen. Sie wühlten sich durch die Schränke, durch die Küchen, durch Bettkästen, Kellerverliese und Dachwinkel. Vereinzeltes blieb immer zurück: Eingelegtes, ein Stück Fleisch in einem von Fett und Speiseresten verkrusteten Herd. In den Regalen, die für Reihen von Gläsern mit Marmeladen und Kompott aufgestellt worden waren, stand oft noch Hinreichendes, auf den Tischen mit wackligen Beinen, unter den gestapelten Tellern ... irgendetwas fand sich immer. Selbst wenn die meisten Vorräte verdorben waren, fraßen sie, was immer sich kauen ließ, was den Schmerz im Bauch auch nur für einen Augenblick stillstehen ließ.

Išiner wußte, wie man ein Feuer auch im feuchten Kamin eines lang verlassenen Hauses in Gang brachte.

Išiner sagte: *Bring mir Holz, kleines Holz, Rindenstücke, Tannennadeln, Reisig.* Mit den letzten Tropfen aus einer Schnapsflasche wurde das asthmatische Feuer genährt.

Unter dem stillen Dach eines solchen Geisterhauses fielen ihnen keine fröhlichen Geschichten ein.

Stell dir vor, sagte Išiner, *ich saß in meiner Praxis, Erdgeschoß, mitten in der Stadt, da ... klopfte es ... jemand klopfte ans Fenster, impertinent, heftig. Als wolle er das Fensterglas durchschlagen ... So klopft keiner, der Hilfe möchte, kein Patient ... Ich wagte nicht zu öffnen. Ging nervös herum ... hinter dem Fenster der Schatten der Person ... Die weiter klopfte, weiter, weiter, klopf, klopf, klopf! ... Ich konnte nicht öffnen. Es ging nicht. Ich stand in meiner Praxis, gelähmt ... näherte mich dem Fenster, sah drei Männer, besser gesagt, nur ihre Rücken, ihre schwarzen Rücken. Sie sprachen aufgeregt miteinander, aber was, das konnte ich nicht verstehen ... Ich ging zurück, zurück in meine Praxis, tiefer hinein, in die Küche, in den dunklen Winkel der Küche, von wo aus mich niemand sehen konnte, selbst, wenn er durch sämtliche Fenster blickte, dann hinein in die fensterlose Besenkammer ... Ich hörte das Glas splittern. Jetzt haben sie es geschafft, dachte ich. Mein erster Gedanke galt dem Fensterglas, nicht mir, der Schmutz, den diese Männer in die Praxis tragen, die Unordnung, die ihre groben Finger auslösen würden, die Ablagerungen ihrer Blicke ... ihrer Blicke, die meinen ganzen Besitz durchdringen würden ... Daran dachte ich, nichts anderes, keine Lebensangst, aber Angst um meine Ordnung, meine Stille ... Schrecklich ... Und dann ... fällt mir ein, ich habe die Tür nicht abgesperrt, ich habe sie also selbst hereingelassen ...! Ich drücke mich in die Ecke mit den Putzlappen, dem nach Schweiß und Essigreiniger riechenden Arbeitskittel der Putzfrau, ich verwinkle mich zwischen Regal, Eimern, Besen, wenn sie mich finden, wird es zu spät sein ... Schreien wollte ich gar nicht, es wäre sowieso kein Ton aus mir herausgekommen, aber ich biß mir in die Hand, in den Handballen, was soll man tun, wenn man so gefangen ist ... Dann ... ich weiß nicht mehr, wieso und warum ... steht meine Putzfrau da, sieht mich an, grinst, gafft also in die Küche und zu mir, dann ... nimmt sie ihren Kittel, den Besen ... Dann ... Ich weiß nicht, wie ... ist sie fort, aber da tritt draußen schon einer mit den Füßen gegen die Tür.* Aufmachen, Polizei ... *Und ich weiß, in der nächsten Minute wird meine Tür eingetreten ... Ich sterbe fast vor Angst. Dann höre ich, wie eine Menschengruppe sich in meine Praxis stürzt, wie barsche Stimmen Auskunft von der Putzfrau fordern ... Die Putzfrau, die mit dem Besen und ihrem blauen, nach Essigreiniger und Schweiß riechenden Kittel dasteht und lacht und sagt:* Ach, der Doktor, ja, der ist schon weg, komisch war das. In aller Frühe ist er mit dem Koffer zum Südbahnhof, so eilig habe ich ihn nie gesehen. Räumen sie mir auf, alles wie immer, sagte er noch, und jetzt ... stehen Sie hier ...und ich weiß von nichts. *Ich kauerte dort in meiner Ecke, ohne Atem, ohne Licht, eine Stunde lang gingen die Polizisten herum, rissen alles auf und auseinander, zerstörten alle Ordnung ... in die Besenkammer schnellte nur ein kurzer Blick, ein hereingestreckter Kopf, ein blickloses Glotzen, das nichts zu finden erwartete ... der Geruch von Putzmitteln und Staub, von wertlosem Plunder, da war ein Blick schon zu viel ... dann weg ... und ich da, in meiner Ecke, ohne Atem ... ich spüre, wie der Boden, die Wand, wie alles sich bewegt, das ganze Haus ruckte los, löste sich vom Erdreich, hob sich in die Luft ... und die Putzfrauenstimme, diese Frau, die ich nicht kannte, der ich einmal im Monat ihr Geld anwies, die stand da, Besen in der Hand, hob mich auf, sagte etwas, etwas Wichtiges war es, das weiß ich noch, aber was sie sagte ... Cilha hieß sie, glaube ich ... Jetzt weiß ich nicht mehr, was es war, das sie sagte*, endete lšiner, und lachte erleichtert auf.

Sie waren dem Geräusch eines Flusses nachgegangen, der ganz in ihrer Nähe toste, sich ihren Blicken aber nicht preisgab. *Endlich wieder waschen,* sagte der, der sich lšiner nannte. *Waschen!,* er hatte auf ihn gezeigt, DU AUCH, hatte er gesagt und genickt, WASCHEN. Stattdessen waren sie in einem Sumpf gelandet, und als sie endlich aus dem Sumpf herauskamen, war das Land, das sie vor sich sahen, leer. Da standen alte Holzhäuser, die jetzt verrotteten, die Fenster waren kaputt, die Brücken eingestürzt, wenigstens fanden sie den Fluß.
    Der, der sich lšiner nannte, wollte gar nicht mehr aus dem eisigen Naß heraus. WASCHEN, schrie er lachend, WASCHEN.

———

Arzt sei er, sagte lšiner, man brauche Ärzte, aber er könne dort, wo er herstamme, nicht länger Arzt sein. Er habe um sein Leben gefürchtet, er gehörte einer Gruppe von freien Denkern an, es sei nur eine Sache von Stunden gewesen, bis man ihn abgeholt hätte. Ob er wisse, was mit denen geschehen sei, die abgeholt wurden, fragte lšiner. Er hatte den Kopf geschüttelt und lšiner hatte sich den ausgestreckten Daumen der linken Hand an die Kehle gelegt und mit einem häßlichen Laut den Daumen bis an die Ohren hinaufgezogen.

Verstehst du?
Er hatte genickt.
Išiner lachte. *Land kaputt, aber Frauen schön,* sagte er und lachte, bis ihm Tränen kamen.
Wohin nur?, hatte er gedacht. Und wie komme ich ohne Išiner weiter? Er fürchtete, Išiner werde verrückt, aber das Lachen ließ endlich nach. Der Arzt schnitt zwei junge Bäumchen, schnitzte sie zurecht. *Essen,* sagte er, zog die Stiefel aus, zog die Hose hoch und stieg in das Wasser, den Blick auf die unsteten Schatten der Fische gerichtet. Er stand vollkommen still, der Išiner, der eben noch wild gelacht hatte, stand wie erstarrt. Plötzlich stieß er den angespitzten Stock ins Wasser, das sich rot färbte.
Ein Fisch zappelte sich das Leben aus dem Leib, der Stock hatte ihn vollkommen durchbohrt.
Essen, hatte Išiner gesagt und auf den Stock gezeigt, den sein junger Begleiter ratlos in der Hand hielt. Da hatte auch er sich Stiefel und Hose ausgezogen und nach den Fischschatten Ausschau gehalten. Als auch er endlich einen Fisch erlegt hatte, war Išiner mit seiner Mahlzeit längst fertig, überließ ihm aber die glimmenden Reste des Feuers und zeigte ihm, wie man den Fisch ausnehmen mußte.

———

Ihre Gesichter waren rot vor Kälte. Sie hielten sich flußaufwärts. In nördlicher Richtung liefen sie durch eine endlos erscheinende Ebene. Das kurze gelbliche Gras stach selbst durch die Sohlen hindurch. Menschen sahen sie nirgends. Dies war das Reich des Schweigens. lšiner zeigte auf einen Körper im Gras: Es war ein verhungerter Hund. Išiner sagte: *Der beste Freund des Menschen, verhungert. Schau nicht weg! Wo die Tiere verhungern, ist die Welt aus den Fugen.*

Wenn er später an diese Tage zurückdachte, traute er seiner Erinnerung nicht. Er hielt es nicht für möglich, daß in diesem Landstrich, den er und lšiner durchquert hatten, irgendein Lebewesen überleben konnte. Doch tatsächlich hatten er und lšiner überlebt. Er dachte zurück und fand keine Erklärung: Wie hatten sie überlebt? Es gab doch nichts, nicht einmal Vögel. Wenn sie müde geworden waren, hatten sie sich ins Gras gelegt und geschlafen, und sobald sie aufwachten, waren sie weitergegangen. Sie hatten nicht einen Menschen zu Gesicht bekommen. lšiner war verstummt und ging voran, und er war ihm gefolgt, egal, wohin sich lšiner wandte. lšiner ging voran und er hatte sich ziehen lassen, nach den langen Tagen ohne Nahrung so matt und erstarrt, daß er taumelte. Am fünften oder sechsten, siebten oder vierzehnten Tag stürzte er. lšiner fing ihn auf, versuchte, ihn zu beruhigen, hielt ihn fest. Was er nicht begriff: dass es nicht lšiner war, der ihn schüttelte, sondern daß es sein *Körper* war, der sich fortwährend schüttelte, als versuche er, etwas abzuschütteln, ein merkwürdig lautloses, sich selbst befeuerndes Krampfen. lšiner stemmte sich gegen den Boden, um das Schütteln, das den jungen Begleiter gefangen hielt, aushalten zu können. lšiner versuchte, ihm etwas zu sagen: Bald werde ein Zug kommen, ein anderer Zug, einer, der sie dorthin bringe, wo sie hin wollten. *Sag mal*, fragte lšiner, *wo willst denn du hin?* Und er hatte nicht antworten können, da hatte lšiner weitergefragt, gefragt und erzählt, der Zug werde erst halten, wenn sie in Sicherheit aussteigen und bleiben durften. Er, lšiner, werde nach H. gehen oder nach P., vielleicht gehe er noch weiter weg, über weitere Grenzen. Er wolle so viel Abstand zwischen sich und das alte Land bringen wie möglich, das könne man doch verstehen, wer wolle zwischen sich und dem Tod nicht so viel Abstand wie möglich wissen?

Er hatte lšiner angesehen, als sei dieser ein plappernder Automat, Majestät über Sehnsucht und Schmerz.

———

Am nächsten Morgen hatte lšiner ihn in aller Frühe geweckt. Er gab ihm ein paar Scheiben Brot. lšiner war während der Ohnmacht seines Begleiters allein weitergezogen und hatte eine Siedlung ausgemacht, hatte dort Brot und, aus einer Küche mit offen stehendem Fenster, ein Glas mit Johannisbeermus gestohlen. Und – *DAS BESTE!*, sagte lšiner mit weit offenem Blick – das Dorf, aus dem er all das habe, sei im neuen Land. *HÖR ZU!*, rief lšiner, *wir sind da, wir sind im neuen Land!* Er hatte ihn hochgezogen und mitgerissen, kauend war er, wie er es schon kannte, hinter lšiner hergelaufen, vorbei an dem genannten Dorf, hinauf auf eine Anhöhe: Da hatte sich das neue Land ausgestreckt in einem, wie ihm schien, endlosen Talkessel. Glitzernd und neu war dieses Land, in das er sich fallen lassen wollte. Seinen Dank an lšiner konnte er nur mit einer kehligen Silbe artikulieren.

Vielleicht hörte Išiner das gar nicht, er betrank sich am Anblick des neuen Landes, er gab ihm noch einmal die Hand. *Sei vorsichtig und lebe gut*, sagte er. Seine Hand war trocken, fest, ein frisch gewaschenes Wunder, erstes Lebenszeichen des neuen Menschen im Unbekannten.

Išiner rannte den Hang hinab, strauchelte, lachte, schrie, verschwand hinter einer Böschung, kam nach vielen Minuten weit entfernt wieder zum Vorschein, rannte weiter, winkte, lachte, rannte, rannte.

Er hatte Išiner nachgesehen, bis dieser nicht mehr auszumachen war, dann war auch er in das neue Land gegangen.

Du siehst nicht, was fehlt

Er hatte nur sich, seine Kleidung am Leib und einen Beutel mit Photographien, als er die Grenze passierte. Den Beutel hatte er um den Bauch gebunden, das Gefühl des Beutels, der gegen den Bauch drückte, war ein Trost, so hatte er die Seinen bei sich. Wenn er sich so bewegte, daß der Beutel nicht gegen den Bauch drückte, schrak er hoch: War der Beutel noch da, die kostbaren Photographien der Familie, von den Urgroßeltern bis zu den noch kleinen Cousins und Cousinen, von denen er nicht einmal wußte, ob oder wo sie lebten?

Im neuen Land hatte er den Beutel abgenommen. Das Gefühl des Beutels an seinem Bauch fehlte ihm, immerfort. Noch Wochen nach seiner Ankunft, erschrak er, wenn er mit der Hand zum Bauch fuhr und den Beutel nicht fand.

Er geriet in einen kleinen Ort zwischen hoch aufragenden Bergen, wo man einen jungen Menschen wie ihn, der mit freundlicher Geduld alles irgendwie zu reparieren verstand, gut brauchen konnte.

In den Bergen war die Sprache des neuen Landes hart und karg, ein Abbild des Landes in Lauten.

Die Zimmerwirtin begrüßte ihn, ohne aufzusehen. Auf den Boden geheftet blieb ihr Blick, als sie ihm auseinandersetzte, daß er nur *Monatsgast* war, also Ende des Monats würde gehen müssen. *Keine Geschichten* sollte er machen, sagte die Wirtin. Da hatte er sein Notizbuch herausgenommen und gefragt: *Darf ich schreiben?* Die Frau hatte ein grunzendes Geräusch ausgestoßen, er glaubte, daß es der abgewürgte Torso eines Lachens gewesen war.

Es war kein Zimmer, in dem er, der so kälte- und zugempfindlich war, leben sollte, es war eine Kammer im Dach eines Heuschobers.

Der Blick zwischen den roh gezimmerten Holzlatten hinaus auf den See und die Berge gefiel ihm. Die Natur war ihm immer das Höchste, alles Geld, das er mühsam verdiente und sparte, sollte nur dazu dienen, einmal ein eigenes Stück Erde zu besitzen, um darauf ein Haus zu bauen, in dem er glücklich sein konnte.

In dem zugigen Heuschober lebte er mit dem Geruch von Seewasser, feuchter Erde und warmem Heu bis zum Kälteeinbruch, der ihn fast das Leben kostete. Das Leben bedrohte ihn, hatte aber auch kein Interesse daran, ihn schon abtreten zu lassen. Er entwickelte ein ebenso raffiniertes wie unfehlbares System, die Bauern dieses Landstrichs um Eier, Brot, Milch, Speck und andere Überlebensmittel zu bitten. Die Gänge über kaltes Land, das geduldige Warten vor der Tür, aus der die Wärme eines Hauses schlug, die Sehnsucht nach einem Platz zum Bleiben trieben seine Gedanken in die Vergangenheit: Er erinnerte sich an den Großvater, der mit weitausladenden Gesten erklärt hatte, daß man TIEF EINATMEN müsse und wie gesund es sei, tief einzuatmen.

Dieser Großvater, der selbst bei größter Winterkälte ein Loch in den zugefrorenen Fluß geschlagen und in seiner rotweiß gestreiften Unterwäsche ins Eiswasser gestiegen war und mit rotem Gesicht von der *großen Gnade Gottes* gesprochen hatte, wenn die Kälte seinen Körper umfing. Dieser Genußwille, dieses mit weitem Lächeln vorgeführte Zufriedenseinkönnen!

Vormittags unternahm der Großvater, den Kopf unter einer steinalten und recht ausgeleierten Baskenmütze vor Zugluft geschützt, weite Spaziergänge, zu denen er seine Enkel gelegentlich mitgenommen hatte. Dann zeigte der alte Mann auf Pflanzen und Bäume und erklärte die Welt. Für alles gab es eine Erklärung, und wenn es keine gab, dann erfand der Großvater eine. Aber lieber noch schwieg er und atmete tief ein. Ungeheuerlich kam es ihm, dem Kind, vor, wie der alte Mann sich dem Atem widmete. Jetzt erinnerte er sich wieder an dieses Einatmen, das dem Großvater so gar nichts Gewöhnliches, gar Selbstverständliches zu sein schien, als vollziehe sich mit jedem Atemzug ein Kunstwerk. Er spannte den Brustkorb, als trügen seine Lungen einen unbezahlbaren Schatz in sich. Er zog er sich den Wollschal fester um den faltigen Hals und achtete darauf, daß der weite Mantel, den er seit seinen Jugendtagen besaß und den er für viel Geld erworben hatte, nicht ein Jota kalte Luft in die Nähe seines Leibes ließ. Er trug alte Schuhe voller Falten, er hielt diese Schuhe stets sauber geputzt, neue Schuhe zu kaufen wäre ihm nicht eingefallen, denn alles Alte und Verschlissene trug ein Leben in sich, das es wert war, erhalten zu werden. Er schenkte Gegenständen eine Daseinsverlängerung mit Draht, mit Klebeband, mit Nadel und Faden. Es mußte nicht schön sein, es sollte nur halten.

Nichts durfte weggeworfen werden, *alles* war reparierbar. Die Wegwerffreudigkeit der Menschheit verachtete er. Wozu einen Koffer, dessen Schloß kaputt war, in den Müll werfen? Es fand sich eine Lösung mit Draht, Nägeln und Teilen ausgedienter Gürtelschnallen, die das Reiseutensil wieder verwendbar machte. Stoßkanten, Schrammen, Fehlstellen – na und? Die besaß jeder Mensch, sollten also auch die Gegenstände altern und Schwäche zeigen dürfen –!

Im Nachlass des Großvaters mußten Hunderte von Metern von Draht und Dutzende Kleberollen gefunden worden sein. Ohne Draht und Klebeband wäre die Welt des Großvaters aus den Fugen geraten. Seine Welt, das war zuletzt ein kleines Haus, das, in der Lesart der Behörden, niemand hätte bewohnen dürfen: Sechzehn Quadratmeter, denen ein Fenster, eine Tür, ein Bett und ein Ofen ein erstaunlich wohnliches Gepräge gaben, selbst wenn die Notdurft über einer Sickergrube und die Katzenwäsche an der Regentonne zu erledigen waren. Die Welt des Großvaters war dieses letzte zugige Häuschen, eine improvisierte Wohnstatt, die wie alle Häuser im Ort stets offene Türen hatte und auf Gäste wartete.

Er besaß gelbstichige Fotos, auf denen der Großvater mit breitem Lachen in einer Schar von Gästen zu sehen war. Es kränkte ihn, daß er außer dem Großvater niemanden aus dieser Runde kannte.

Den Großvater hatte man an einem Wintermorgen auf der Straße gefunden. Er erinnert sich, wie böse er auf Gott gewesen war, weil der Tag, an dem sie den Großvater beisetzten, so voller Sonne und Vogelgezwitscher gewesen war.

Der Kälteeinbruch hinterließ eine weiß verkrustete Landschaft. Er war mit hohem Fieber erwacht, hatte sich aus seiner nächtlichen Vermantelung gewühlt und lief, nur mit Hemd und Hose, ohne Schuhe, vor den Heuschober, wo er einen Augenblick lang die Kälte als Wohltat, als Beruhigung seiner heißen, brennenden Haut empfand. Bevor das Bewußtsein schwand, sah er, daß die ganze Seekante mit einer Kruste von schneeweißem Eis gesäumt war.

Man brachte ihn in ein Krankenhaus, räumte seine Behausung. Er besaß nur sehr wenige Dinge. Es war seine Art auszudrücken, daß dies nicht sein Zuhause sei, daß er nicht bleiben werde, es sollte nichts angenehm sein, nichts zum Bleiben auffordern. Er wollte sich an nichts gewöhnen und von einem Augenblick auf den nächsten weg sein können. Jeder Aufenthalt war nur Zwischenstation, jeder Ort nur ein kleiner Bruchteil in seinem Dasein. Es sollte kein Ankommen geben, nirgends, niemals. Es gab Geflohene aus dem alten Land, die schon lange Zeit so lebten. Er hatte kleine Behausungen voller geretteter, getauschter, geliehener, geraubter Dinge gesehen, Räume voller Erinnerungsstücke, bis in den letzten Winkel vollgestopft, Wohnungen als Anker, Dinge als Anker: Er stellte sich diese Existenz vor als langsames Ertrinken. Es sollte nicht sein, daß man auf diese Weise im neuen Land ankommt! Er sah Menschen aus dem alten Land, die vergessen hatten, wie es dort war, er hatte gehört, wie sie sprachen – als lebten sie schon immer im neuen Land, als gebe es nichts anderes, als habe es nie etwas anderes gegeben. Er aber wollte nicht vergessen. Er dufte nicht vergessen, wie das Leben im alten Land war, wie sie dort verlernt hatten, die Wahrheit zu denken und auszusprechen.

Er erholte sich nur langsam. Wenn er lächelte, trat keine Farbe in seine Augen. Er war ohne Namen und ohne Sprache in dieses Land gekommen. Wenn er Familien zusammen sah, wenn die Eltern ihren Kindern über die Köpfe strichen, trösteten oder tadelten, sah er sich, sah sich in diesen Eltern, er sah sich in den Kindern. Schlüpfte hinein in Fremdes und Niegewesenes, träumte sich durch die Tage. Was er vermisste, konnte er nicht sagen. Manchmal glaubte er den Gedanken an alles Verlorene nicht ertragen zu können, er fühlte sich krank und schwach, wenn er an die eigene Familie dachte. Dann wieder gab es Tage, da tauchte er ohne jeden Schmerz in die Erinnerungen hinein. Sah sich um in den Kindheitsbildern, durchstreifte zwischen Traum und Tag die Verstecke des Gedächtnisses. Spuren und Ahnungen, die sich umso vehementer zurückzogen, je näher er ihnen zu kommen versuchte.

SCHWARZES LAND UNTER WEISSER WOLKE.

Worte hatten immer einen Kokon um ihn gebildet. Nun war er nackt und wehrlos, weil er sich in der neuen Sprache nicht besser erklären, verteidigen, Freude oder Trauer nicht anders ausdrücken konnte als ein Kleinkind, dem sich die Sprache erst bilden mußte.

Sein Bettnachbar, ein alter Lehrer, brachte ihm die Sprache bei. Aufmerksam studierte er das nervöse Auf- und Abspringen seines Kehlkopfes. Was mußte im Innern eines Körpers vor sich gehen, der eine solche Sprache fließend hervorbrachte? War das überhaupt eine Sprache? Die Klänge der Worte waren weiß und trocken, spannten Zunge und Kehlkopf. Die Formen der Buchstaben waren kühl und ohne Poesie. Sein eigener Kehlkopf tanzte nicht, wenn er die neue Sprache ausprobierte. Er schmerzte. Fühllos ließ er seine Lippen die fremden Laute nachbilden. Immerzu mußte er sich verbieten, die harten Konturen der Sprache zu durchbrechen, sie weicher zu machen, seiner Vorstellung von Sprache und Klang anzupassen. Gleichwohl sagte er sich, daß die Menschen dieses Landes keine anders gebildeten Körper hatten, daß auch sie Zungen, Stimmbänder, Kehlköpfe besaßen wie er, daß sie also nicht durch einen unerlernbaren Zauber ihre Sprache beherrschten. Eines Tages konnte er die ersten Sätze sprechen, ohne den Hustenreiz zu empfinden, der seine ersten Lektionen begleitet hatte. Er unterließ es zu sprechen, wenn er nicht das richtige Wort fand. Er legte sich ein Lächeln auf die Lippen, das alles bedeuten konnte. Irgendwo lag immer ein Buch in der Sprache dieses neuen Landes, das er zu lesen versuchte. Man schenkte ihm ein Wörterbuch. Er verglich die Worte, wie man Photographien vermißter Personen vergleicht. *Jedes Wort hat Kinder und Kindeskinder.* Er wußte, daß es auf das Wort ankam. Er flüsterte die neuen Worte, wo immer er war. Erst wenn er sich sicher sein durfte, daß er verstanden hatte, wie man in der neuen Sprache dachte und sprach, wagte er, laut zu sprechen.

Er probierte die Sprache des neuen Landes wie ein Kleidungsstück. Sie tat seiner Zunge weh, an ihren Graten und Untiefen verletzte er sich, doch niemals gab er auf. Einmal fand er ein fortgeworfenes Buch, darin Kinderlieder des neuen Landes. Er lernte diese Lieder auswendig. Wenn er nicht schlafen konnte, wenn er zu warten oder einen Weg zurückzulegen hatte, sagte er die Liedtexte vor sich hin und übertrug die Lieder seiner Kindheit in diese neue Sprache. Wenn er hier leben mußte, mußte auch seine Kindheit in diesem neuen Raum sein, seine Geburt, seine Zukunft, seine Träume, alles, was seine Gegenwart umkreiste.

Jag der Welt nicht hinterher,
fang sie ein, bring sie deinen Liebsten,
hatte die Großmutter einst gesungen,
helle Träume, schnelle Beine,
Leben kommt wie Ebbe und Flut.

Er wünschte in der neuen Sprache EINEN GUTEN MORGEN, oder er fragte: GEHT ES IHNEN GUT?

HIER BIN ICH, sagte er eines Tages so klar und sauber, als habe er nie mühevoll diese Sprache erwerben müssen. ICH WERDE GEHEN, MORGEN GEHE ICH FORT, ICH HABE EINE ARBEIT UND EINE WOHNUNG. Das sagte nicht nur seine Stimme, das sagte seine ganze Gestalt.

Er verabschiedete sich von seinem Bettnachbarn, dem alten Lehrer, dessen Organe vom Krebs zerfressen, doch dessen Kopf noch voller Ideen war: *Geh nach J.,* riet ihm der Alte, *dort findest du jede Arbeit, die du willst! Ich wünschte, ich wäre in deinem Alter, ich würde es tun, nach J. gehen. Die schönen Frauen, nirgendwo sind sie schöner, sie haben einen Pakt mit dem Licht geschlossen, die Frauen von J. Es ist ihre Stadt, dorthin mußt du gehen ... Die Museen, die Opern, die breiten Straßen, das Abendlicht, das auf den Fassaden liegt ... Das Meer, dieser Geruch von Weite, Salz und Abenteuer, so etwas siehst du nirgends sonst, diese Stadt am Meer, die Berge im Rücken. Es ist eng und laut und lebendig. Ich würde dort hingehen, wenn ich noch könnte, wenn ich ...*

Das sehnsüchtige „*Wenn ich könnte*" des Alten drang tief in ihn ein,
wenn ich, wenn ich,
trieb ihn voran, fand sein Echo: *Ich kann, ich kann.*

II

J.

Er war nach J. aufgebrochen, ohne zu wissen, wo J. lag. Er fragte einfach jeden Menschen, den er traf.

J. ist einzigartig, sagte man ihm, *du mußt nur immer nach Norden gehen.* Eine große Zuversicht trieb ihn an, es gab kein Zögern. Er hielt sich nordwärts, auch wenn das leere, flache Land ihm keine Richtung gab und ihn malträtierte mit plötzlichen Wetterwechseln und kalten Winden. Hielt er nach einem Unterschlupf Ausschau, so fand er nichts als Baumstümpfe oder umgeworfene, halb ins Erdreich versunkene Schäferkarren, aus denen Brombeersträucher und Brennesseln aufstiegen. Die Brombeeren trugen nicht einmal Früchte, sie waren nur Stachel und Abwehr.

J. empfing ihn mit dem Duft des Meeres, mit Klängen und Farben, wie er sie aus der Stadt seiner Kindheit kannte. Überwältigt stand er vor der Weite von J., vor der Großzügigkeit des Meeres, das vollkommen still dalag. Das Wasser atmete ein und aus, von einer Brise mit weißer Blässe touchiert, *es fletscht die Zähne, das Meer.*

Er konnte nicht genug bekommen vom Anblick der aus dem Wasser steigenden Höhen, schwarz von Bäumen, konnte nicht genug sehen von den Schiffen, deren Masten und Segel lichte Ornamente bildeten. Er fühlte sich leicht, es war ein zerbrechliches Glück in ihm, das ihn zum ersten Mal seit langem ohne Eile gehen ließ, ohne an Deckung und Versteck zu denken. Er gewöhnte sich leicht an J.: Das Spiel an- und absteigender Straßen verinnerlichte er mit schwerelosen Schritten, dankbar folgte er jeder Gasse, bis das Licht zur Neige ging. In den folgenden Tagen setzte er den Weg durch J. fort, bis er glaubte, die ganze Stadt gesehen zu haben. Wenn es dunkel wurde, fand er stets einen Platz zum Schlafen, eine offene Kirche, ein Gartenhaus, ein verlassenes Haus, dessen Schätze – Stille, Verstecktsein sowie vergessene, aber noch essbare Konserven – allein ihm gehörten. An den Fassaden der Häuser strichen seine Finger entlang wie an kostbaren Körpern, die auf seine Liebkosung gewartet hatten. Er versank in die Klänge der Stadt. Nicht sattsehen konnte er sich am Glanz der Abendstunden, wenn das Sonnenlicht mit verschwenderischer Wärme durch alle Viertel flutete. Die Menschen in J. wirkten klein, kräftig und freundlich, ihr Dialekt vollzog seltsame Sprünge, und voller Glück lauschte er. Er verstand jedes Wort, er beherrschte die Sprache des neuen Landes wahrhaftig. Freundlich grüßte er jeden Menschen, dem er begegnete, es kümmerte ihn nicht, daß nicht jeder diesen Gruß erwidern mochte. In dem leicht fiebrig erhitzten Zustand, in dem er sich ständig befand, schlug er kein Angebot aus. Bedingungslos schmiegte sich die Zeit an ihn. Ein Glück, angestoßen zu werden, zu hören und gehört zu werden.

Jede Nacht, wenn die letzten Zecher sich laut sprechend, lachend und zankend ein letztes Mal wie eine Art von Wolke auf den Weg durch die Stadt machten, auf einen letzten Trunk vor dem Morgengrauen, da schloß er sich ihnen an. Sie luden ihn ein, zu essen und zu trinken, was immer ihm zusagte. Wenn sie beim Eintreffen des ersten Tageslichts davongingen, glaubte er, sie würden sich direkt zum Wasser begeben und darin versinken, schwer und steinern, um unter Wasser zu verharren, bis die nächste Nacht ihre Rückkehr in großer Zahl einforderte.

Der fröhlichste Trunkenbold nahm sich seiner an: Krel war sein Name, das Gesicht ein verkraterter, lederner Abdruck der Zeit. Eine Landschaft voller Schatten und Erinnerungen. Krels Hände waren breit, grob, rissig, immer in Bewegung. Sein weißer Bart schien zu tanzen, wenn er sprach. Eine leuchtende Glatze wurde umrahmt vom Lichtkranz weißen Haars. Er wäre alt erschienen ohne das scharfe Glänzen des Hasardeurs in seinen hellblauen Augen.

Krel bot ihm die Hälfte des Zimmers an, in dem er lebte: ein Zimmer, das im Wesentlichen als Anbau an ein zerfallendes Gebäude angelehnt war, weniger ein Heim als die armselige Ummantelung weniger Quadratmeter. Hier sei er zu Hause.

Das ist mein Heim, sagte Krel. Was du siehst, ist mein ganzer Besitz, mein Ort und kein anderer. Du siehst nicht, was fehlt, du siehst nur, was da ist und nützt. Was war vor uns hier, was kommt danach? Das spielt keine Rolle. Am Ende gewinnt immer die Zeit, zuletzt ist alles Wind und Schlacke.

Bleib, so lange du möchtest, es ist genug Platz. Nichts gehört mir, aber das teile ich mit dir.

Krel trank und rauchte, er lachte viel und aß fast nichts. Krel fand, daß nichts lebendig sei, so lange man darin nicht etwas sehe, das man einmal geliebt habe, ganz gleich, ob in diesem oder einem anderen Leben. Obgleich er ungeheuerliche Mengen von Gebranntem trank, verlor er doch nie die Sprache. In den Stunden unmittelbar nach Sonnenaufgang, wenn die Müdigkeit ihn zu Boden zog, fand er die einprägsamsten Sätze: *Niemand ist da. Du bist nicht da. Man wird geboren und gestorben, man versucht, sich ein Bild von den Dingen zu machen.*

Ein Dichter war er, der den feurigen Glanz des Sonnenaufgangs über dem Meer beschrieb und die Schwärme von Seevögeln über der Stadt und die Menschen, die sich in ihren Gassen verloren. Krel schrieb und schrieb, als könnten Worte Heilung bringen.

Die Welt ist voller Sachen und Menschen, lebendigen und toten, aber am Ende ist alles nutzlos, wenn du kein Bild von dir selbst hast.

Kein Wesen ist sich selbst so fremd wie der Mensch. Kein Wesen bedarf so sehr eines Ortes zum Sein und ist dabei so unfähig, etwas festzuhalten.

Die Menschen funktionieren nicht ohne Ort. Ich weiß, wohin ich gehöre. Wohin gehörst du? Wer gehört zu dir?

Krel stürzte in die Abgründe eines traumlosen Schlafes. Wenn er erwachte, war es meist später Nachmittag.

Krel war am Rand von J. geboren worden, er wuchs dort auf, immer mit dem Blick auf die Stadt, die dem Sohn eines armen Bauern doch nur leere Versprechungen bot. Vom Hungerleider zum Millionär – das waren Märchen, die reiche Kinder untereinander erzählten, um sich lustig zu machen über jene, die nichts besaßen. *Die Armut ist eine Krankheit, mit der du geboren wirst, mit der du heranwächst und an der du schließlich stirbst. Wer an Heilung glaubt, ist ein Narr,* sagte Krel.

Zuerst lernte er atmen, dann lernte er Angst und Freude und wie sich ein Ochsenziemer auf der nackten Haut anfühlt. Später lernte er, daß man sich nur mit großen Händen und intakter Lunge durch das Leben schlagen kann und daß einer, der den Kopf voller Wolken hat, niemals als nützlicher Mensch betrachtet wird.

Manchmal zog es Krel hinaus in das Dorf nahe J. Er ging dorthin, wo einst das Haus seines Vaters stand.

Hier, sagte Krel und bohrte die Spitze seines Schuhs in kaltes Erdwerk, *stand der Stall, und hier floß Blut und hier,* tiefer und tiefer wühlte seine Schuhspitze die Erde auf, wütend, *hier ging ich in den Stall und brüllte die Schweine und die Kühe an, ich trat sie, warf ihnen die fauligen Äpfel an die Leiber, und wenn keine Äpfel da waren, nahm ich Steine. Wen sonst konnte ich anbrüllen, wem sonst konnte ich mich herausschreien. Hinterher tat es mir leid. Einmal hatte ein Schwein genauso blutige Striemen wie ich. Was hätte ich tun können, um mich zu entschuldigen? Ich gab den Tieren, denen ich so zusetzte, Namen, damit sie mit Würde sterben konnten. Das Lachen des Vaters über mich – sein Hohn – sein Ochsenziemer, den er auf mir tanzen ließ – sein Aberglaube, der nach Weihrauch stank. Im Stehen aß er auf dem Feld, aß Eier oder Kartoffeln, er streute die Schalen auf den Acker. Im Frühjahr vergrub der Vater ein mit Milch geknetetes Brot in der Erde, um die Dämonen der Erde milde zu stimmen.*

Nachts legte er sich Amselknochen unter das Kopfkissen, um die Fruchtbarkeit zu erhöhen, einen richtigen Sohn brauche er, betete er, keinen Kretin wie Krel. Der Mutter gab er zerstoßenes Horn, das sollte sie kauen, es erhöhe die Wahrscheinlichkeit auf männlichen Nachwuchs, sagte Krel.

Kaum war der Vater gestorben, hatte Krel das Haus abreißen lassen, die Felder verkauft, das Geld verschwendet, nichts sollte bleiben. Die Kleider des Vaters verkaufte oder verbrannte er, nur ein paar Fotos und ein Buch mit dem Namen des Vaters behielt er, der Name des Vaters, mit blauer Tinte ungelenk hineingeschrieben auf das Vorsatzpapier. *Der Vater*, sagte Krel voll traurigen Staunens, *der war auch mal ein Kind.*

Von der Mutter blieb ihm nichts.

Ich war früh in der Schule, als ich so ein Gefühl bekam, erzählte Krel. *Es war eine Ahnung. Ein Gefühl. Tief in der Magengrube. Ich rannte aus dem Klassenzimmer und nach Hause, Mutter lag auf ihrem Bett, das Blut platzte zwischen ihren Beinen heraus.*

Wir brauchen keinen Arzt!, brüllte der Vater ... Er hatte sich die Ratlosigkeit weggesoffen ...

Ein Arzt versaut es nur! ... Die Frauen haben ihre Kinder früher auch allein kriegen können ... Da hat es keine Pfuscher gebraucht ... Gott sorgt für alles!

Währenddessen starb meine Mutter. Fehlgeburt. Was sollte ich tun? Ich war ja erst acht. Ich machte weg, was einmal mein Bruder oder meine Schwester hätte werden sollen. Ich holte saubere Tücher und ein Laken.

Ich sterbe schon nicht, sagte meine Mutter ... Ich muß ja noch für Dich sorgen ... Ich werde leben, ja, leben werde ich, wirst schon sehen, war das Letzte, was Krel von ihr hörte.

Als sie drei Stunden später tot war, hatte der Vater Fenster und Türen geöffnet, damit die Seele der Toten entweichen konnte.

Immer wieder bohrte Krel das Erdreich auf, hier und da, dann kniete er im Dreck, wie damals, als er sich schwor, den Vater auszutilgen wie eine Krankheit und seinen Glauben an Gott gleich mit. Denn wer es zuläßt, daß eine Mutter stirbt, zu dem betet man nicht, dem blickt man direkt hinein ins Gesicht, wie es die Wölfe tun oder die Schakale.

Vom Haus des Vaters war nichts mehr übrig: Gerade mal ein fahles Quadrat in der Wiese, in dem das Sommergras kürzer wuchs, deutete das einstige Elternhaus an. Krel legte sich mitten hinein in das Quadrat, er lachte: *Weg ist er. Seine Reste verfaulen irgendwo. Sein Haus ist fort. Nichts, nichts, nichts erinnert an ihn, nicht einmal ich, denn ich habe seinen Namen weggeworfen! Den richtigen Sohn bekam er nie, alles, was er bekam, war ich, und ich vergesse ihn, vergesse sein Erbe ... Seine Stimme ist weg, sein Gesicht, sein Geruch, einfach alles ... Ich habe ihn aus der Welt geschafft, indem ich so bin, wie ich bin*, lachte Krel.

Er war vielleicht nicht so schlecht wie du denkst, sagte er zu Krel. *Vielleicht war dein Vater ein hilfloser Mensch, der es nicht besser wußte.*

Krel irrte noch stundenlang im Labyrinth tausender Kinderschreckenssekunden dahin. *Ich war immer leichter geworden*, sagte er. *Mit der Zeit wurde ich flüchtig, spurlos, unrettbar, der beste Trinker in J., der schönste Hurenbock und Bänkelsänger, nichts verlangend und von nichts lebend und doch geliebt von einigen wenigen. Mein Paradies ist J., die Stadt war mein Traum und ist meine Erlösung.*

Ich werde immer dorthin zurückkehren, sagte Krel, bevor er verschwand. *Der Blick aufs Meer, die Klänge der Stadt retteten mich und werden mich bis ans Ende meiner Tage retten.*

Ich schenke dir, was ich habe, schrieb Krel.

Er hatte den Zettel so auf den Tisch gelegt, daß er ihn finden mußte: nervöse, zitternde Buchstaben, eng an eng auf dem Papier, schwer zu entziffern die Worte, die irgendwann einfach aufhörten: *Man sieht nicht, was fehlt, man sieht es den Menschen nicht an, am Ende gewinnt immer die Zeit, zuletzt ist alles Wind und Schlacke, hätte ich nur ...*

die Worte brachen ab,

verschwanden,

wie Krel selbst verschwunden war.

Heimat ist kein Ort

Eines Morgens schlug er einen Weg ein, der ihn in den ältesten Teil der Stadt führte, auf die Höhe, wo Nebel und Wolken den Blick auf die Bucht weichzeichneten. Hier oben konnte er die ganze Bucht sehen, das Meer, so weit das Auge es zu fassen vermochte. Freudig hatte er an einem Haus ein Schild entdeckt, so klein und verschmutzt, daß es nur noch von aufmerksamen Beobachtern überhaupt entdeckt werden konnte: KLEINE ZIMMER FÜR FREMDE, las er. Er hatte angeklopft und das *kleine Zimmer* besichtigt.

Sie kommen aus dem alten Land?, hatte der Vermieter gefragt, und er hatte genickt. *Danke*, hatte er gesagt und sich zum Gehen gewandt, da hielt ihn der Vermieter zurück: *Wollen Sie das Zimmer nun oder nicht?*

Ich kann es nicht bezahlen, sagte er.

Das ist egal.

Ich habe kein Geld und keine Arbeit.

Wollen Sie das Zimmer?, wiederholte der Vermieter.

Ja, sagte er.

Dann sollen Sie es haben, erhielt er zur Antwort und ein kleiner silberner Schlüssel wanderte in seine Hand.

Wasser holen Sie aus dem Brunnen hinterm Haus, sagte der Vermieter, *Strom gibt's nur von von zwei bis fünf. Im Keller steht nach jedem Regen das Wasser, Sie sollten es nicht trinken ... Einer hat es einmal getrunken, der Bauch blähte sich ihm auf und er platzte. Sie glauben die Geschichte nicht? Recht so. Sie ist gelogen. Ich lüge oft. Erfinde etwas und lasse es wieder verschwinden. Was glauben Sie, woher ich komme, wie alt ich bin? Fragen Sie nicht, denn egal, was ich antworten würde, es wäre gelogen.*

Der Vermieter hatte ihn in die Wohnung bugsiert, in der nichts gestanden hatte außer einem Hocker vor dem Fenster. Er stellte sich sogleich den Wartenden auf diesem Hocker vor, wie er hinausgestarrt und hinausgewartet hatte vor dem Fenster – auf was, auf wen? Den Hocker könne er haben, sagte der Vermieter, den sie alle nur den *Schlüssel* nannten. Der Reichtum der Habenichtse sei, daß sie irgendwann nichts mehr besitzen wollten. Alles gleite ihnen aus den Fingern. Menschen, die praktisch nichts wiegen, sagte der Vermieter. Einige Tage später stand ein Bett in seinem Zimmer. Der Vermieter winkte ab: Er habe es nicht mehr gebraucht, es habe nutzlos herumgestanden.

Verlegen hatte er sich verbeugt, vor lauter Verlegenheit geriet ihm die neue Sprache durcheinander und er hatte viele Male DANKE BITTE gesagt – und entsetzt bemerkt, daß es DANKE SEHR heißen mußte. Er schrieb sich die Worte mit einem Zimmermannsbleistift an die Wand – eine schmale Wand, auf die er alle Worte schreiben wollte, die er nicht vergessen, falsch aussprechen, betonen durfte. Er wollte nicht falsch klingen, nicht mit der dürren Ärmlichkeit eines Fremden antworten müssen: DAS WEISS ICH NICHT. Unwissenheit ist Schutzlosigkeit. Also schrieb er. Er sammelte Worte, er saß in seinem Zimmer und schrieb sich das Fremdsein aus dem Leib, sprach die Worte

nach, bis sie ihm Bleiberecht gaben: ICH SPRECHE, ICH BLEI-
BE, schrieb er.

Es erstaunte ihn, wenn man sich für ihn interessierte, wenn man ihn zum Essen einlud, zu Festen. Er schlug keine dieser Einladungen aus, aber er war doch nicht anwesend. Immer war er bereit, sofort zu gehen, sein Blick hielt immer den Ausgang fest. Wenn man ihn nach seinem Leben im alten Land fragte, antwortete er höflich und knapp. Knapp nicht etwa, weil er den Fragenden vor den Kopf stoßen oder alle weiteren Fragen über das alte Land abwehren wollte, sondern weil ihm die Erinnerungen entglitten. Er rief sich die Mutter und den Vater in Erinnerung, die Flucht ... und immer taten sich Grate auf: *So war es gar nicht*, unterbrach er sich selbst, *eigentlich war es doch – nein, es war anders – ich erinnere mich schlecht* ... Er brach seine Sätze oft ab. In der Sprache des neuen Landes hatten die Erinnerungen eine andere Farbe angenommen, manches ließ sich gar nicht aussprechen. In der neuen Sprache fand er kein Erinnern.

Es erstaunte ihn, wie leicht sich das Vergessen anschlich. Er nahm die Photographien und memorierte die Gesichter, selbst wenn sie ihm fremd waren. Er durfte niemanden vergessen. Doch je länger er sich die Gesichter der Familie ins Gedächtnis zu brennen versuchte, desto größer wurde die Leere im Kopf, als stieße sein neues Leben das alte Leben und alles, was einmal dazu gehört hatte, endgültig ab.

Bald darauf war Pirina in das Zimmer neben ihm eingezogen.

Der Blick aus dem Dachfenster zeigte ihm die Bucht, die Schiffe, stilles Meer mit sanfter Dünung, schön wie Fischhaut so glänzend, und sanft schmiegte sich vor ihm das jahrhundertealte J., die Stadt der Seefahrer, an dieses silbrige Meer und er ahnte, daß J. es gewohnt war, von Anreisenden und Abreisenden bewohnt zu werden, Heimat zu sein für jene, die nicht bleiben können oder wollen.

Das Rauschen der Vogelschwärme, die über das Haus in Richtung Meer flogen, erinnerte ihn an das alte Land, vereinte sich mit dem Rauschen des Meeres. Er beheimatete sich in diesen Klängen. Vielleicht würde er hier bleiben, vielleicht für eine Weile, vielleicht für immer.

Wenn er Pirina in ihrer Küche hantieren hörte und sie dabei ein Lied sang, das ihm bekannt war, oder wenn Düfte nach Gebratenem, nach Pfeffer, Paprika und Knoblauch durch die dünne Wand in seinen Raum drangen, dann war auch das ein kleiner Ausschnitt von Heimat, und er begann, an sie als *Pirina* zu denken. Sie war schon verwurzelt in seinen Gedanken: *Was macht Pirina jetzt? Pirina schneidet Gemüse ... Pirina ist heute nicht zu Hause.* Er begann schon wieder, wie in der alten Heimat, den Narren in sich zu finden, der alle Geschichten aufnehmen und behalten will.

Eines Tages glaubte er, den Mut gefunden zu haben, sie anzusprechen. Er stand vor ihrer Tür, die Hand erhoben, bereit anzuklopfen, doch die letzten Zentimeter zwischen Hand und Türholz wollten sich nicht überwinden lassen. Vielleicht zerstörte er alles, vielleicht erschreckte sie sein Anblick, vielleicht war sie verheiratet, vielleicht,

VIELLEICHT.

Er hatte die Hand zum Anklopfen erhoben und wieder gesenkt. Morgen, dachte er und drehte sich um, morgen versuche ich es wieder.

Am nächsten Tag hatte er sich wieder vor ihrer Tür eingefunden, eine gelbe Tür, der Lack rissig, steinalt, die Sorte Lack, die einen bitteren Duft verströmt, auch Jahrzehnte, nachdem die Farbe aufgetragen wurde. Er hatte die Hand gehoben um anzuklopfen, als er sie drinnen singen hörte. *Nein, dachte er, wenn sie singt kann ich sie nicht stören, das würde sie nicht verzeihen.* Er hatte die Hand gesenkt und war in seine Wohnung zurückgekehrt. *Was macht Pirina jetzt?*, dachte er und horchte, hörte sie noch eine Weile singen, dann war es still, durch und durch still.

In den folgenden Tagen wagte er den Gang hinüber nicht noch einmal, er ging gesenkten Blicks an der gelben Tür vorüber. Was sollte sie auch mit einem wie ihm reden. *Ein abgerissener Einwanderer*, würde sie denken, mit so einem wie ihm gab sich doch ein gutes Mädchen nicht ab.

Er lag nachts wach, tröstete sich mit dem Blick auf die Stadt hinunter, die Feuerfliegen der Fahrzeuge, die Stadthorizonte, wo sich das Licht der Menschheit in der Schwärze des Landes verlor. Er sah in Hinterhöfe ohne Licht, dunkle Luft voller Namen und Geräusche, er wurde eins mit dem Zwielicht der Wintertage dieses zweiten Jahres im neuen Land. Er nahm den Heimweg über die endlosen Außenbezirke der Stadt, er lief sich müde, lief sich den Gedanken an Pirina aus dem Leib. Er würde es nicht schaffen, sie auf sich aufmerksam zu machen. Sie gehörte einer anderen Welt.

Er kehrte gegen Mitternacht zurück. Schwindlig vor Erschöpfung schlich er die steilen Holztreppen hinauf. Als er eine Frau auf den Stufen sitzen sah, wußte er sofort, daß sie Pirina war.

Ihr Haar dunkel, fast schwarz, ihr Gesicht sehr schmal, ihre Hände fein, rote Knöchel; die Arme um den Oberleib geschlungen saß sie auf den Stufen und lächelte ihn an, als habe sie ihn in gleicher Weise erkannt wie er sie.
Du bist das, sagte Pirina. *Wie heißt du?*
SCHWARZES LAND UNTER WEISSER WOLKE, sagte er.
Ein schöner Name.
Ein alter Name, fügte er ganz unnötig hinzu aus Angst, das kaum begonnene Gespräch könne versiegen, SCHWARZES LAND UNTER WEISSER WOLKE bedeute sein Name, sprach er weiter, das wisse er von seiner Großmutter.

Sie habe sich ausgesperrt, erklärte sie, es passiere ihr immer wieder, ob auch ihm so etwas passiere, daß er sich aussperre und gar keine Wut empfinde, nur Freude darauf, wieder in die eigene Wohnung hineinzukommen, ob er das kenne?
Wie gern würde er sich später an diesen Moment und an jedes ihrer Worte erinnern. Wie sehr wünschte er sich viele Jahre später, noch einmal zu sehen, wie sie sich mit dem wiegenden Gang einer Katze in sein Zimmer begab, sich furchtlos in seine

Welt hineinbewegte. Er sah ihren leuchtenden Kopf, ihr schmales Gesicht, die Lippen mit dem akzentuierten Bogen und den schönen Konturen, die schlanken Hände, insektenflink. Er sah ihr Lächeln, als sie seine Vergangenheit und seine Gegenwart in Besitz nahm. Kein Wort war wertvoll genug, um es an sie zu richten. Also schwieg er.

Jetzt mußt du mich behalten, hatte sie gelacht.

Er wollte sie nicht begreifen. Es schien ihm, als könnte er es nicht ertragen, wenn er in ihre Geheimnisse eingeweiht würde. Und doch erfuhr er an diesem Abend, daß sie den Rückenwirbel eines Wals besaß, 23 Jahre alt war, daß sie Französisch gelernt hatte, weil sie ihren Vater hatte finden wollen und in J. ebenso gestrandet war wie er.

Sie sagte: *Die Luft ist voller Drähte, durch jeden Draht gehen Tausende von Gesprächen. Wie viele Worte, denkst du, schwirren gerade durch die Luft, in diesem Moment?*

Gegen Morgen hatte er geantwortet: *Manchmal schweigen die Menschen, alles ist still, dann summen die Drähte aus Verzweiflung.*

III

Sie bestiegen den langsamsten Zug, den sie finden konnten

Ihr Gesicht. Ihr helles, vertrautes Gesicht, mit der verblüffenden Fähigkeit, alles abzubilden, was er dachte. Ihr Gesicht, das mit jedem verstreichenden Jahr durchsichtiger wurde, als arbeite sich von innen ein stilles Verschwinden heran. Ihr Gesicht, das er festhalten wollte.

Er wollte sie nicht begreifen. Das Schönste, sagte er zu ihr, sei doch das Unerklärbare. Je weniger ein Mensch erklärbar sei, desto schöner sei er. Wie ihr Zusammentreffen.

Später würde er jeden Augenblick zu konservieren versuchen, jedes gesprochene Wort wollte er festhalten, jedes Bild. Sie fotografierte und zeichnete, ihr Gedächtnis war ein riesiger Raum, der alles enthielt, was sie gemeinsam erlebt hatten, Jahr für Jahr.

Sie half ihm, seine Erinnerungen zu komplettieren.

Erinnerst du dich an das Jagdhaus, fragte sie ihn beispielsweise, *weißt du noch wie wir dorthin kamen? Von diesem Sommer hast du nicht mehr viel in Erinnerung, oder doch?*

Ich erinnere mich gut, erwiderte er.

Nein, sagte Pirina, *du erinnerst dich nicht. Dafür hast du mich.*

Er wußte natürlich, wie sie ins alte verlassene Jagdhaus gekommen waren. Er wusste, wie sie sich in J. gefunden hatten. Er wusste um ihr inniges Zusammensein in all den Jahren. Er erinnerte das alles, doch er sagte: *Du bist mein Gedächtnis.* Denn eigentlich hätte er ohne sie nichts gehört und gesehen, es schien ihm, als sei jede Bewegung, jeder Gedanke, den er je gehabt hatte, nur durch sie möglich gewesen. In ihrer Gegenwart wurde er so, wie er gerne sein wollte, ganz und gar eingeschlossen in einen Traum. Alles erschien ihm haltlos, alle Menschen waren geträumt, kein Ort, zu dem er gehörte, nur ein Gesicht, eine Stimme, *Pirina*.

Keiner war je bei ihm geblieben, nur Pirina. Sie konnte ihn festhalten.

Sein ganzes Leben, so kam es ihm vor, war er ihr durch Bahnhofshallen und Kirchen, durch Kaffeehäuser, Bars und Weinhäuser gefolgt, er hatte an ihrer Seite gesessen in Krankenhäusern und Sanatorien und hatte an allen Orten, die sie aufsuchten, ihre Fähigkeit bewundert, ungesehen zu bleiben, wie ein Geist zwischen den Menschen hindurchschlüpfen zu können.

Sie sparten Geld. *Wir wollen andere Orte sehen,* sagte sie, *und eines Tages werden wir in die Heimat zurückfahren.* Und sie sprach von all den Städten, Flüssen, Wäldern, die sie sehen würden auf ihren Reisen.

Wir werden inkognito reisen, bestimmte sie, *wir sagen Namen, die wir uns ausdenken, wir sind Phantasiegeschöpfe.*

Sie schrieb Namen auf, unter denen sie absteigen würden. „Srmssim Tsullim & Gattin" schrieb sie auf ein Papier und schob es ihm hinüber. *Wie findest du das?*

Er nickte. Sie schrieb weiter: „Dr. Adam Kawarrenz, Schraubenhersteller, und Gattin Almut Kawarrenz, Nichtsforscherin". Sie lachte, bis ihr die Tränen kamen. *Wir werden im berühmten Hotel P. für Stanislaus & Snjetaslava Gownorittaza reservieren,* sagte sie, *wir werden die staubigen Treppen hinaufgehen in unsere Zimmer und auf die Stadt hinaussehen, und man wird nichts mehr ahnen von dem Krieg, der dort einmal war.*

Sie wollte an Orte gehen, die ihren Glanz eingebüßt, die jedermann vergessen hatte, alte Kurbäder, die sich kaum noch zu erinnern vermochten an die hellen Tage, als Gäste ihre Parks durchwanderten.

Sie verriet ihm nichts von ihrer Angst, diese Reisen niemals antreten zu können. Sie hatte Angst, es könnte während einer Reise ein Krieg ausbrechen oder eine Grenze geschlossen werden, so daß es kein Zurückkehren geben werde. Wochenlang ging sie unruhig durch ihre kleine Wohnung, verschaffte sich alle Zeitungen des In- und Auslandes, die sie in die Finger bekomme konnte, und nötigte ihn, mit ihr alle Meldungen zu lesen.

Es sieht nicht so aus als ob es bald einen Krieg gibt, nicht wahr?
Nein, sagte er. *Es ist alles in Ordnung.*
Da bist du dir sicher?, fragte sie.

Er sagte, er sei sicher. Sie glaubte ihm. Er hatte einen sicheren Instinkt, er spürte als Erster, wenn etwas bevorstand. Und doch erlebte er manchmal eine nervöse Pirina, eine in sich gekehrte, fremde Pirina, die ihre Hand auf ein altes Möbelstück legte, wie man einem leidenden Freund die Hand auflegt, die Bilder an den Wänden neu sortierte oder sich vor dem Radiogerät zusammenkrümmte, wenn von Spannungen die Rede war. Er ertrug diese Stunden, in denen er sich verlassen fühlte, schlecht. Da war er nur ein Umriß, allein, mit bitter zusammengepreßten Lippen.

Er wußte ja nichts von ihrem verborgenen Plan, den sie ihm erst nach langer Zeit enthüllte. Sie hatte ihre Reisen seit langem schon geplant. Sie war vorausgereist in Atlanten und Karten, fand jene weißen Stellen auf den Landkarten, die sie gemeinsam mit ihm eines Tages aufsuchen wollte. Sie markierte Orte, die ihr geeignet schienen: *Hier werden wir sein.* Oder: *Verweilen.* Er fand es heraus, als sie den Atlas eines Tages offen auf dem Tisch liegen ließ. Sie erzählte ihm von ihren Plänen, offenbarte ihm, daß sie seit vielen Jahren Geld gespart hatte für diese Reisen. Sie stellte ihm diese Orte als lichte Waldlandschaften vor, durchzogen von hohen Hügelkämmen, mit dem Duft von Baumharz, Gras, Kiefernnadeln auf dem Erdreich und weiten Feldern, die einen schweren Geruch von Erde und Stein ausströmten. Sie zog ihn hinein in diese Träume, bis er ihr folgen konnte durch die unwirklichen Landschaften.

Eines Morgens begann sie zu packen. *Wir haben lange genug gewartet*, sagte sie, *bald sind wir zu alt, um aufzubrechen. Laß uns gehen.*

Sie verließen ihre Wohnung, gingen am frühen Morgen aus dem Haus mit dem kleinsten Gepäck, mit ein paar Dingen in den Manteltaschen. Sie ließen alles offen, so daß andere kommen und ihre Dinge nehmen konnten: ihre Bücher, die Möbel, Geschirr, Kleidung, den glänzend gescheuerten Küchenstuhl, das fadenscheinige Taschentuch, das Pirinas Mutter gehört und das Pirina auf der Flucht immer bei sich getragen hatte.

Sie reisten mit den langsamsten Zügen, den sie finden konnten. *Wir haben es nicht eilig*, sagten sie, wenn sie dem irritierten Schalterbeamten jedes Angebot auf eine schnellere Reise ausschlugen. Er folgte ihr, wie er ihr immer gefolgt war, aber sie spürte, daß er sich unwohl fühlte. Sie legte ihm die Hand auf den Hinterkopf, sie wußte, daß diese Berührung ihn tröstete. *Hab keine Unruhe*, sagte sie, *freue dich, wir werden reisen ohne Angst.*

Viele Tage fuhren sie durch graue Innenstädte, Wälder, Brachflächen, ohne den Ort zu finden, an dem sie verschwinden konnten. Sie kosteten die Luft, den Klang der Landschaft, atmeten Wärme und Kälte ein, spürten die Metalle im Erdreich und wie viel Traurigkeit der Ort, an dem sie sich gerade befanden, verströmte und ob sie diese Traurigkeit ertragen konnten. Sie suchten nach der perfekten Abwesenheit.

Wir haben uns fester an das Leben geklammert als andere, sagte er. *Nein,* versetzte Pirina, *das Leben klammerte sich an uns.*

Sie hatten keine Erinnerungsstücke der eigenen Familie retten können, kein Möbelstück, keine Kleidung, bis auf wenige Photographien gab es nichts, auf das sie die Hand legen konnten im Wissen, daß ihre Eltern, Großeltern und Ahnen diesen Gegenstand in gleicher Weise berührt hatten. So retteten sie, was andere nicht hatten retten können oder wollen. Alles Einsame und Aufgegebene zog sie an, zärtlich betrachteten sie den Rost, das fahle Licht auf altem Holz. Bei jedem Gegenstand, den sie mitnahmen, fragten sie sich, wie viele Menschen diesen wohl schon vor ihnen in der Hand gehabt hatten. Aus einem Abbruchhaus retteten sie alte Familienfotos und aus einer schon von einem Bagger aufgerissenen Küche ein Brotmesser. Warum hatte Pirina das Brotmesser gerettet? Sie legte es auf den Boden ihrer Reisetasche als sei es ein unbezahlbarer Gegenstand. Sie machten sich fremde Verluste zu eigen. Ihre eigene Traurigkeit fand ein Echo in der unausgesprochenen Trauer alles Verschwundenen.

Sie wohnten in billigen Pensionen. Oft kehrten sie erst in der Dunkelheit zurück in den Dämmer der nächtlichen Zimmer, hohe Räume ohne Laut, mattes Licht, verschattete Decken, vollgestopfte Zimmerwinkel. Über Jahrzehnte angesammeltes Stückwerk von Erinnerungen und Habseligkeiten, mit denen die Pensionsinhaber die Gästezimmer ausschmückten. Der Stolz auf diesen staubigen Besitz war ihnen fremd.

Ihre Reise führte sie dorthin, wo das Land sich tief hineinbeugte in die Berge, wo die Fremdheit harter, in den Himmel vorstoßender Kalkfelsen wie ein Keil sich ins urbar gemachte Menschenreich bohrte. Als sie hineinfuhren in einen Tunnel, verlor sich ihre Phantasie in Vorstellungen von einem anderen Planeten, den sie erblicken würden, sobald der Zug den Tunnel verließe.

Die anderen Passagiere hefteten sofort, einem alten Tierreflex folgend, den Blick hinaus in die steinerne Schwärze. Ob dort draußen, in immerwährender Finsternis, nicht doch etwas zu sehen war? Wer würde als erster den Lichtstreif erblicken, der das Ende des Dunkels ankündigte? Dumme Ängste ließen sie zueinander rücken, mancher verschränkte die Arme, als ließe sich die Beklemmung damit verschließen, andere schlossen die Augen, atmeten schneller oder nahmen einander bei den Händen. Je länger das Dunkel sie umfangen hielt, umso dichter wurde die Stille, die einer mit einem Lied zu durchbrechen wagte.

Er nahm eine Flöte aus seinem Rucksack und spielte eine schnelle, heitere Melodie.

Zunächst wußte er nicht, woher sie kam, so selbstverständlich war sie da. Dann erinnerte er sich, wo er das Lied gehört hatte, und eine seltene Wärme durchströmte ihn, als er Abel Citroms Hände sah, die so zärtlich einer längst verschwundenen Violine eben diese Melodie entlockt hatten. Danke, Abel, dachte er, während die heiteren Bocksprünge der Musik die Zugreisenden erfasste. Bald sangen einige mit, andere schlugen einen Takt dazu oder ließen ihre Schuhe einen rudimentären Kontrapunkt pochen. Und doch konnte all das nicht verhindern, daß die Bewegungen des Zuges eine beängstigende Schwere in ihre Körper brachte. Das Schaukeln des Waggons, die Geräusche, all das war nicht echt, in Wahrheit bewegten sie sich nicht, sie standen still, für ewig. Die Bewegung wurde ihnen vorgegaukelt. Das spürten sie alle. Die Musik erlosch, ein Schweigen setzte ein, und, endlich, wagte jemand zu fragen, wie lange wohl dieser Tunnel sich noch fortsetze.

Pirina rutschte unruhig auf den Kunstledersitzen herum, auch sie hielt den Blick in die Schwärze jenseits des Fensters gerichtet. *Da muß doch bald das Licht zurückkommen,* flüsterte sie ihm zu, *das Licht.* Aber es kam nichts. Einmal, sagte sie, vielleicht zu sich, vielleicht zu ihm, habe sie geträumt, daß alles Licht für immer wegbliebe: keine Blindheit, sondern ein Wegbleiben der Sonne, der Sterne, all dessen, das leuchtet. Und doch habe sie, obgleich da nichts mehr gewesen sei, das aus eigener Kraft habe leuchten können, alles so scharf umrissen gesehen wie in heller Mondnacht. Sie habe in den Weltraum geblickt, dorthin, wo einmal die Sonne war, und sie habe dort eine Stelle gesehen, die schwärzer gewesen sei als das umgebende All. Und als sie lange dorthin sah, da sei ihr aufgefallen, daß sie nicht auf einen Planeten oder den zu schwarzer Singularität ausgebrannten Sonnenball geblickt habe, sondern ins Innere eines Auges, das sie beobachtete –! All die Zeit habe sie in diesem Traum in eine Pupille geblickt. Sie schauderte. Sie habe, sagte Pirina, niemals ergründen können, in wessen Auge sie im Traum geblickt habe, ins Auge Gottes oder ins Auge des Teufels, aber die lebendige, alle Finsternis durchdringende Schärfe dieses Auges erschrecke sie noch heute, Jahrzehnte nach dem Traum.

Nur ein Traum, sagte er, um sie zu beruhigen.

Nein, nicht einfach ein Traum, sagte sie ärgerlich, *eine Vision vielleicht, eine Eingebung, etwas Größeres als ein Traum.* Sie beharrte darauf, daß es kein gewöhnlicher Traum gewesen sei, denn sie habe gehört, gefühlt, geschmeckt, es sei alles überaus real gewesen. Wie könne er da nur so kalt behaupten, es sei nur ein Traum gewesen? *Träume,* sagte Pirina, *sind doch nicht einfach der Schuttplatz unserer Gedanken, sie sind etwas anderes, etwas Besseres, größer.*

Natürlich, antwortete er.

Du glaubst mir nicht, kein Wort glaubst du, schimpfte sie. Daß ausgerechnet er, der Geschichtenerzähler, es wagte, diesen spöttischen Glanz im Gesicht zu tragen, daß er dieses unverschämte nachsichtige Lächeln zur Schau trug, ihr gegenüber! Sie verschloß den Mund. Sie würde nichts mehr sagen, beschloß sie. Wie hatte er sie so kränken können, grundlos. Sie blickte ins Schwarze, dorthin, wo unsichtbare Bewegung war, Dahinrasen in der Finsternis, die sowohl Tunnel in tiefem Gestein oder eisiges Weltall sein konnte. Die Wirklichkeit, dachte sie, hat viele Seiten, und wir sehen immer nur eine.

Licht färbte die Tunnelwände grau, dann verließ der Zug den Tunnel. Endlich, dachte sie, endlich. In weitem Bogen durchschnitt der Zug die fahlgelbe Landschaft. Ob wir tot sind oder leben oder verschwunden sind, hat nichts zu bedeuten, wir waren immer verschwunden, dachte sie, und der lähmende Zweifel, ob irgendetwas über den kurzen Moment ihres Hinsehens hinaus existierte, würde immer da sein ...

Er gähnte. Er streckte sich. Sie sah die eishellen Strähnen in seinem Haar. Wann war er ein alter Mann geworden, er, der doch gestern erst vom Ufer in einen See gesprungen war, der Fische gefangen und ausgenommen, der sich mit seinem frischen

Geruch an sie geschmiegt hatte und eingeschlafen war wie ein genügsames Tier –? Warum paßte sie nicht mehr auf ihn auf?

Es wurden Bahnstationen angesagt. Die Landschaften, durch die sie fuhren, wechselten Farbe und Stimmung, von anfänglich tiefgrüner Stille zu sandfarbenen, von ersten Anklängen der Unruhe und Einsamkeit durchfärbten Ebenen. Wurde eine Bahnstation angesagt, fragte er: *Hier?* Sie schüttelte einen Tag lang den Kopf.

Erst am nächsten Morgen, als sich fremdes Land aus dem Morgennebel erhob, sagte sie: *Hier!*

———

Sie stiegen aus, die Bahnstation stand allein in baumloser Umgebung, es gab keine befestigten Straßen. Sie gingen über staubige Pisten voller Löcher, kein Baum und keine Wolke milderten die Hitze und Helligkeit der Sonne. Nach mehr als einer Stunde erreichten sie die ersten Häuser: einfache, oftmals nur einstöckige, vor langer Zeit aus Bruchsteinen errichtete Höhlen mit kleinen Fenstern, hinter denen sie kein Licht, keine Menschenseele ahnten. Die Dorfstraße wölbte sich hart ihren entzündeten Fußsohlen entgegen mit buckligen, wie poliert aussehenden Kalksteinen. Es tat weh, darauf zu gehen. Im Schatten eines halb kahlen alten Baumes auf dem Kirchplatz ruhten sie aus. Über ihnen wirbelten Mauersegler, eine trübe Sonnenscheibe linste über die dunklen Kanten der Dächer.

Wohin jetzt?, fragte er.
Pirina sah sich um, zeigte nach links. Er nickte.

Sie verließen das Dorf, sie gingen über eine Schotterstraße. Ein Bauer kam ihnen auf seinem Traktor entgegen, Staub hüllte sie ein. *Wo kann man hier schlafen?*, fragte Pirina. Der Bauer sah sie ungläubig an, dann lachte er: *Nirgends.* Dann betrachtete er sie eingehender, ein kleines Mitleid regte sich in ihm und so zeigte er schließlich hinter sich, auf eine schwarze Waldkante: *Dort. Ein Kilometer. Das alte Jagdhaus. Steht leer.* Er fuhr davon, sie gingen in den Wald hinein, Pirina lachte: *Hänsel und Gretel sind wir!* Und als sie ihn ansah und er nicht lachte, lachte sie noch mehr.

Sie gingen in den Wald, endlos und kühl, sie hörten Holz knacken unter ihren Tritten, Laub raschelte, und als sie den Bauern im Innersten des Waldes wiedertrafen, sagte der: *Es ist nicht mehr weit. Geht fünfhundert Meter in diese Richtung, dann seid ihr da. Klopft dreimal an die Tür, laut und deutlich, denn es spukt im Jagdhaus. Man muß sich auch den Geistern ankündigen.*

Sie gingen, endlos wie ihnen schien, durch den Wald, sie gaben sich viele neue Namen, sie erreichten das alte verlassene Jagdhaus und klopften wie befohlen dreimal an die Tür, bevor sie eintraten.

―――――

Die Städte und die Menschen waren weit weg. Sie lagen nachts im hohen Gras, geborgen unter den gespreizten Schwingen alter

Eichen und Eschen, und manchmal schliefen sie im Jagdhaus. Die hohen Räume voller Verlassenheit fingen die Laute des Waldes auf, durch die gesprungenen Glasscheiben drangen fremd und einsam Tierschreie: Warnrufe unbekannter Vögel, denen sie ihre eigenen Laute entgegenhielten. Sie riefen in das Nachtdunkel alle Namen, die sie in den Aktenschränken des Jagdhauses gefunden hatten. Sie warfen diese Namen ohne Vorsicht in die Nacht, hingerissen von ihrem fremden Klang. Sie hatten die Karteikästen mit Namen und Adressen in halb aufgebrochenen Metallschränken gefunden, sortiert nach A bis Z. Sie leerten die Schränke aus, sie lernten die Namen, sie vergaßen die Adressen, Titel und Telefonnummern, ihre Lippen schmatzten vor Vergnügen, wenn sie die Namen ausprobierten.

Laß uns Namen für uns aussuchen, sagte Pirina, aber da zögerte er. Sein Name, fand er, habe zu viel erdulden müssen, um nun von einem solchen Fundstück beiseite gestoßen zu werden. Das Spiel wollte er nicht zerstören, die Frage aber, woher diese Namen kamen, wer sie gesammelt hatte und zu welchem Zweck, ließ sich nicht ignorieren. Er sagte: *Wir wissen nicht, wem diese Namen gehörten, es sind vielleicht Namen von Verbrechern oder, schlimmer, von Opfern. Wir sollten das nicht tun.*

Doch Pirina hörte nicht auf ihn, hörte seinen Zweifel vielleicht nicht oder achtete nicht darauf, wühlte weiter mit gierigem Griff in der schier unerschöpflichen Flut von Namen. Ihre Lust, sich zu einem Teil dieses versunkenen Reichs zu machen, weckte ihre Lebensgeister. Hinter jedem Laut, hinter jedem Wort, das sie von sich gab, standen Ausrufezeichen Schlange. Durch sein NEIN befreit, setzte sie sich die Namen auf wie ein

Hütchen, schlüpfte hinein in sie wie in Kleider, hielt sich an den struppigsten, verschossensten fest.

Die ganz Häßlichen bevorzugen wir, beschloß Pirina, *sie will niemand haben, niemand wird sie uns abnehmen.*

Karl Kolibri, alleinlebend, Kakteenliebhaber,
Carla Pantherschlag, Sängerin,
Berthold Zymel, Fettwanst & Feingeist,
Alfred Hoberganz, Finanzbeamter,
Frieder Backley, Lustmolch, jedoch weitgehend ungefährlich,
Gertrud Feltriner, Casinospielerin,
Annie Sprungfeder, pfeifend und schreiend ins Jenseits gefahren,
Davide Zarella, sein Leben lang von Krähen attackiert und verletzt worden, weil er eine der ihren erschossen hatte, daraufhin dem Wahn verfallen.

Pirina lacht aus der Seele: *Nein, wie köstlich, hör diesen hier: Frau Doktor Eiderkuch, Biologin, suchte zeitlebens einen Elephanten, mit dem sie verheiratet zu sein glaubte.*

Er aber wand sich, mochte nicht länger die Namen durchwühlen. *Laß uns gehen*, bat er vergebens, stand eine Weile da und blickte weg von ihr, hinein in die dunklen Moderecken, in die verschatteten Zimmerwinkel. *Laß uns gehen*, bat er, *gehen!*

Warum konnte sie nicht aufhören, in diesem fremden und toten Besitz zu graben? Es war ihm, als berühre sie Aas, das Chaos eines untergegangenen Regimes, mit dem sie spielte wie ein ahnungsloses Kind. Sie berührte die Beute der Rattenkönige und der Putschisten, er sah die Kadaver hinter den Karteikästen, sah die Labyrinthe der Vergangenheit, die sich füllten mit dem erstickenden Schleim nie gesühnter Verbrechen. Endlich aber sah sie auf, war das Spiel vorbei, ließ sie die Namenskarten fallen, als habe sie sich verbrannt, stand sie auf, stand, blickte sich um wie erwachend. *Ach*, sagte sie, kurz, wie von schlechtem Gewissen angeschlagen, *ich konnte mir denken, es ist dir nicht recht, gehen wir also.*

In der Nacht lagen sie schweigend beisammen,
etwas hatte die Leichtigkeit fortgenommen,
sie hatten viele Namen gerufen und jeder Name hatte ein
Gewicht auf ihre Unbeschwertheit gelegt.

Gegen Morgen sagte Pirina: *Wir setzen die Namen aus!*
Sie schaufelten die Karteikarten in Säcke, die Säcke trugen sie hinaus in den Wald, steckten die Karten ins weiche schwarze Erdreich, zwischen Gras, Bäume, Totholz.
Es gibt jetzt keine Namen mehr, sagte Pirina. Sie kauerte mit wehendem Haar im wilden Gras, jeden Namen, den sie losließ, sagte sie leise in die Windstille hinein.
Sie hörte ihn unruhig herumgehen in ihrer Nähe, einem witternden Tier gleich durchstreifte er das Dickicht, kämpfte sich mit seinem Teil der Karteikarten tiefer in den Wald. Er suchte Erlösung vom begangenen Frevel und fand sie nicht.

Überall war Papier, sagte sie am Abend dieses Tages. *Überall zerrissenes Papier. Papier auf allen Straßen ... an Fassaden klebend ... an den*

Füßen der Leute ... im Abwasser ... eine zerfetzte Wirklichkeit. Als ich fortging, ging ich durch einen weißen Regen, einen Regen aus Papierfetzen. Erst freute ich mich über diesen Schnee, diesen stillen weißen Sturm, über das Rascheln in der Luft ... Es waren die zerschnittenen, zerrissenen, unkenntlich gemachten Verse der wichtigsten Dichter des Landes, die unter dem neuen Regime verboten waren. Es wurde immer mehr ... Der Sturm aus vernichteten Dokumenten fuhr aus allen Fenstern auf die Stadt nieder und mitten im Sommer lag ein weißer Mantel über allem, schneeweiß, tintenschwarz ... ein Schnee, der nicht schmolz. Ich stopfte mir Fetzen davon in die Taschen, ließ sie wieder los, griff nach anderen Fetzen, irgendjemand muß etwas retten, dachte ich ... Ich griff nach diesen Papierfetzen, als könnte ich damit Leben retten. Das Ausrotten der Sprache war ihr Ziel ... Sie nahmen uns die Sprache ... Jedes Wort, jeden Begriff, bis nichts mehr zu sagen und nichts mehr zu denken war.

Sie nahmen uns alles weg, was jemals entstanden war, jedes jemals vor ihnen gedachte, geschriebene, gesprochene Wort. Sie wollten uns neue Gedanken und neue Worte aufzwingen. Ich rettete nichts, sagte Pirina, ich ließ das Papier liegen, ich rannte, weil ich fürchtete, begraben zu werden unter all den vernichteten Worten. Ich fürchtete, mich anzustecken ... Papierfetzen aus Büchern, aus Manuskripten, aus alten Folianten, Pergamente aus dem 13. Jahrhundert, in denen noch der Pestvirus steckte ... Mit Rinderblut und zerstoßenen Quarzen gefärbte Tinten hatten die farbigen Bilder von Frömmigkeit und Gebet über Jahrhunderte erhalten, Farben, die erst jetzt erloschen. Heilige Worte und böse Worte, Poeme und Todesbotschaften ... Alles regnete nieder auf mich, auf uns alle, niemand entkam.

Sie hatte sich mit anderen in einem Keller versteckt und dort den Papiersturm abgewartet. Sie musste zusehen, wie sich die Straßen mit dem hellen Belag füllten. Neben ihr hatte ein Schriftsteller gestanden, dessen Werke irgendwo in diesem Schneetreiben aufgegangen waren, er hatte keine Reaktion gezeigt, nur gesagt, bald werde man mit den Menschen das Gleiche machen. Dann werde es nicht das Papier sein, das sie in den Straßen verteilten, um ihre Macht zu demonstrieren.

Bald darauf war die Stadt von Bränden verwüstet, verkommen zum Styx der Eisengötter und Menschenfresser. Es lagen Körper auf den Straßen, noch bevor die Papierfetzen aus den Ritzen des Straßenbelags getilgt waren. Wilde Hunde und Ratten verschlangen, was nicht Hitze, Kälte und Plünderer zerlegten. Tote waren überall. Plötzlich war die Stadt eine einzige Nekropole geworden, alle Farbe war gewichen. Der Schwarzhandel brach zusammen, es gab nichts zu handeln. Die Machthaber sprachen von den guten Zeiten, die nun anbrechen würden. Wieder regnete es Papier, Flugblätter in unvorstellbaren Mengen: die Ankündigung der neuen Herrscher, daß fortan kein Leid mehr zu beklagen wäre, daß jeder Tote einen Tod für die richtige Sache gestorben sei ...

Sie war durch ein Labyrinth von Schutt geirrt.

Ein Notquartier wurde ihr zugewiesen. Sie teilte die fensterlose Unterkunft mit einer Frau, einem Mann Es lag Kleidung und Spielzeug in dem Raum, in einem Schrank Berge von Geldscheinen ohne Wert. Die Frau weinte fortwährend um den verlorenen Besitz, bis Pirina den Schrank öffnete, ihr das Geld ins Gesicht warf und rief, sie solle an dem Geld ersticken. Der Mann, der wort- und blicklos ihre Auseinandersetzung verfolgt hatte, erhob sich und versetzte Pirina eine Ohrfeige. Dann gab er seiner Frau eine Ohrfeige und sagte: *Ihr habt beide recht und ich kann euch beide nicht ertragen.*

Nachts hörte Pirina den Streit des Ehepaars, das sie loswerden wollte. Pirina sei zu mager, zu krank, sie tauge nichts, man könne sie nicht einmal essen, wenn es darauf ankäme.

Ich erschrak nicht einmal, als ich sie das sagen hörte, erinnert sich Pirina. *Ich stimmte ihnen zu. Ich empfand nichts mehr, dachte nur: Sie haben recht, es stimmt, an mir ist nichts dran, ich nehme ihnen nur Raum und Essen weg. Der Mensch verzweifelt, viele verzweifelten, aber es ging weiter, immer weiter. Ohne Erbarmen folgte jeder Nacht ein Tag an dem man nichts sah, das einen Anlass zu Hoffnung gab. Wozu weiterleben, sagte jede Minute.*

Eines Morgens lag die Frau neben dem Mann, ihre Wangen hohl, die Augen in tiefem Schatten. Gestorben in der Nacht. Sie hatte Gift geschluckt.

Ich erzähle dir das, damit meine Erinnerungen deine Erinnerungen werden, sagt Pirina. *Wir teilen unsere Toten, unsere Erinnerungen, unsere Träume. Nur so entkommt man dem Tod.*

Sieh nur, sagte sie, *Krähen, Dutzende, es sieht aus, als hielten sie ein geheimes Treffen ab, hör doch, wie sie zueinander sprechen.*

Nein, sagte er, *das sind Kolkraben.*
Die Vögel fliegen auf, ziehen weiter,
das abgeräumte Feld, die patinierte Erde, der sich die Vögel einschrieben,
ist unerträglich in seiner Leere.
Die Wolken nehmen die Vögel auf,
sie verschwinden.

Die Wolken, dachte sie, sind nicht da, ich habe sie erfunden.

———

Sie kannten weder die Namen der Bäume noch der Vögel, sie sahen in den Wäldern keine großen Tiere, sie hatten viel Zeit. Sie legten sich ins Gras, Pirina legte ihren Kopf auf seinen Bauch, die Schwere dieses Kopfes machte ihn glücklich. Sie schliefen ein, sie erwachten und gingen weiter. Ihre Sehnsucht nach allem Verlorenen glaubten sie in den Rissen eines jeden alten Baumstamms, in jedem Dämmerschatten, in jedem Vogelruf stillen zu können. *Die Vergangenheit hat wilde Augen*, sagte Pirina.

Sie gingen weiter, sie kamen hinaus in die Ebene, an deren Ende die große Stadt B. liegt, und sie kehrten um.

Sie waren noch nicht bereit, wieder unter den Menschen zu sein.

Sie hatte gelogen. Sie sagte es mit gesenktem Blick: GELOGEN. So hatte sie fünf Karteikarten aus der Tasche genommen und vor ihn hingelegt, fünf Namen. Sie habe die Namen, sagte sie, nicht loslassen können, etwas habe sie gezwungen, diese Namen zu behalten. Dann habe sie gewußt, warum sie die Namen nicht habe aussetzen können: Sie habe das Gefühl gehabt, etwas mit den Namen *machen* zu müssen. Sie zu bewahren, sagte Pirina, diese Toten mit ihren gestohlenen Leben noch einmal zu erwecken, indem sie sie unter die Lebenden bringe. Sie habe sich überlegt, sagte sie, unter dem Namen der Toten zu reisen, in Restaurants und Hotels zu sein. Wo auch immer man einen Namen verlange, wolle sie den Namen eines Toten angeben, so lange, bis die verratenen Namen sich ins Gedächtnis der Ewigkeit einschreiben konnten. Sie hätte es als Frevel empfunden, nicht wenigstens für diese fünf Namen etwas zu tun.

Er hatte in seine Hosentasche gegriffen und ebenfalls zwei Namen herausgenommen. Auch er habe die Namen nicht aussetzen können, nicht diese zwei, die, er könne es nicht recht erklären, irgendwie zu ihm gesprochen hätten, Michail ZYAN und Dora VIELFARB. Wer habe das kalte Herz, diese Namen auszusetzen?

Pirina legte ihre Namen vor ihn hin.

Frau Doktor Eiderkuch, ihr habe sie nicht widerstehen können, sagte Pirina. Carla Pantherschlag, Rosa Eichenlaub und Dmitry Lichtblau ... Wie hätte sie diese Namen loslassen sollen, wenn sie ihr doch schon wie die Namen guter Freunde erschienen seien?

Er wußte nicht, wie es weitergehen sollte, er mochte nicht von Schuld oder Unschuld reden, er wollte doch nur etwas gutmachen. In gewisser Weise hätten diese Namen sie erwartet.

WIR LEBENDIGEN, sagte Pirina, *sollten Licht in die schwarzen Ecken der Vergangenheit bringen.*

Aber er war sich nicht sicher, ob ihnen das mit ihrem kindlichen Glauben an Wiedergutmachung und Ausgleich gelingen konnte. Je weiter weg sie von den Menschen sind, desto stärker wird jeder Gedanke an sie.

Sie sah die Toten lebendig, wenn sie von ihnen sprach. Sie brachte ihre Erinnerungen zu einem Ende.

Nie hätte sie sich vorstellen können, einmal von Mutter und Vater getrennt zu sein, und niemals wäre dem Kind, das sie einmal war, eingefallen, in einem fernen Land, in vollkommener Fremde, glücklich zu sein. Nie. Sie sei, sagte Pirina, ein so glückliches Kind gewesen.

GLÜCK, sagt Pirina, *weißt du, wie seltsam sich dieses Wort anhört, wie seltsam, wie bitter es sich ausspricht?*

IV

PIRINA

Wir warten auf dich

Pirina erwachte und sah hinein in rote Flammenspitzen, die das Fensterglas knacken ließen. Sie war schläfrig, sie begriff nicht, was die Flammen bedeuteten, wo waren die Eltern?

So war sie aus dem Bett gestürzt, hinaus in den Flur, wo die Eltern starr standen wie Marionetten. *Das Treppenhaus brennt, wir können nicht raus*, sagte der Vater ohne eine Bewegung im Gesicht. Viele Jahre später noch sollte sie sich erinnern an den Klang seiner Stimme und an den Satz *Wir können nicht raus*, an das Schweigen der Mutter, die neben ihn getreten war und wie der Vater keine Anstalten machte zu fliehen.

Jahre später erst hatte sie begriffen, daß ihre Eltern das Feuer gelegt hatten, daß in ihrem Schweigen eine tiefe Angst beerdigt lag, die sie dazu getrieben hatte, alles in Feuer aufzulösen, das eigene Leben und das Leben der Tochter.

Wenn sie uns abholen kommen, werden wir nicht mehr da sein, hatte sie den Vater sagen hören. Sie hatte verstanden, daß sie flüchten mußten, nicht aber, warum sie sterben sollten, sterben, mit diesem Wort verband sie nichts, das Wort hatte keinen Klang, keinen Geruch, es war das bloße Nichts, das auszusprechen sie sich verbot.

Als der Vater zum ersten Mal versucht hatte, über die Grenze zu kommen, eine offene Grenze, hatte er sich eine Fahrkarte und einen neuen Namen gekauft - einen gefälschten Ausweis und darauf sein Foto. Aber sie griffen ihn auf, alle griffen sie auf, die mit dem Zug sich davonstehlen, sich den neuen Verhältnissen entziehen wollten. Sie holten alle aus dem Zug, ließen sich die Namen sagen, dann erschossen sie die Verräter des Vaterlandes, das keinen gehen lassen konnte, keinen gehen lassen durfte. Nur den Vater hatten sie gehen lassen. *Geh*, sagten sie und traten ihn in den Dreck. Und als er sich aufrappelte, schlugen sie ihn erneut zu Boden. *Geh doch, geh zurück, und sag ihnen allen, was wir machen mit denen, die gehen wollen.*

Auf dem Bauch robbend, durfte der Vater sich entfernen, sein Leben, sagten sie, sei nichts wert, er lebe, damit andere gewarnt seien.

Und als er heimgekehrt war, verdreckt, blutig, mit verschwollenem Gesicht, da hatte er sich vor seiner Frau zu Boden geworfen und ihr gesagt, es gebe keinen Weg aus diesem Land heraus. Die Grenzen seien überall, im Erdreich, im Himmel und in seinen Gedanken.

Manchmal wachte er nachts auf und schrie, wenn er wieder einmal träumen mußte von den Reihen der Zuginsassen, die links und rechts neben ihm erschossen wurden, nur er, er blieb stehen, allein.

Allein sein konnte er nicht. *Das ist kein Leben*, sagte er zur Mutter, als er glaubte, Pirina lausche nicht, aber je leiser die Eltern miteinander flüsterten, um so angestrengter erlauschte Pirina ihre Worte, denn immer ging es auch um sie. *Und das Kind?*, fragte die Mutter. Und dann hörte Pirina beide Eltern nichts mehr sagen. Wenn einer von ihnen dieses magische *das Kind* aussprach, versagte ihnen die Sprache.

Das Feuer, dessen war Pirina sich gewiß, war in der weiten Mitte dieses Schweigens geboren worden, in einem Blick, in einem gemeinsamen Gedanken, wie ihn nur Liebende formulieren können, ohne etwas sagen zu müssen.

Pirina trug Eimer mit Wasser herbei und schüttete sie über die Wohnungstür.

Durch das Wasser kommt das Feuer nicht an uns heran, rief sie.

Der Vater hatte sie angesehen und unbewegt erwidert: *Das bringt nichts, Kind. Der Rauch wird uns umbringen ...*

Pirina hatte keine Angst.

Jedenfalls, so sagte sie nun Jahre später, habe sie nicht empfunden, daß sie bald sterben müsse. Sie habe die Todesergebenheit der Eltern und das Toben des Feuers ringsumher gespürt und gewußt, daß *sie* überleben würde.

Später erschrak sie und erschrak immer wieder, im Grunde ihr ganzes Leben lang, wenn sie daran dachte, was sie einige Tage nach dem Brand erfahren sollte: Daß im Dachgeschoss die Schriftstellerin P. mit all ihren Manuskripten und Papieren verbrannt war, eine freundliche Frau, die sich gern schlammfarbene Kleidung anzog, die in einer Wolke von Tabakgeruch herumging und auf kummerlose Weise ernst wirkte, dabei niemals versäumte, den Kindern etwas zum Naschen zuzustecken, wobei sie nicht selten ein, wie sie es nannte, böses Wort an sie richtete: *Achtet auf den Rechtsanwalt U., der speist kleine Kinder ... Wechselt die Straße, wenn ihr ihn seht ... Nehmt euch in Acht vor dem Gärtner B., der prügelt Hunde ... Esst so viel Zucker, wie ihr bekommen könnt, vielleicht gibt es morgen keinen mehr ... Klettert auf Bäume, klettert auf alles, von oben sieht die Welt besser aus.*

Sie hatte oft lachen müssen über die Sätze der Schriftstellerin P., die in der Feuernacht verbrannte mit ihrem ganzen Werk.

Wie aber, dachte später die erwachsene Pirina, kann es sein, daß in den Buchhandlungen P.s Bücher aufliegen? Und sie hatte stets in die Buchhandlung gehen und dem Buchhändler sagen müssen, daß sie dabei gewesen war, als das Haus, die Schriftstellerin P. und ihr Werk in Flammen aufgegangen waren. Sie erzählte von dem Unglück und kaufte ein Buch der Toten, so lernte sie alle Bücher der Autorin kennen. Das mußte sie tun, gegen das Vergessen. Wenn man ihre Bücher nicht kaufte, vergaß man das Unglück, vergaß man die Autorin, vergaß man das Haus und alle, die darin verbrannten.

Ist es nicht so?, fragte sie und schob dem Buchhändler das Geld über den Tisch.

Mit den Eltern zog sie in ein neues Haus, weit vor der Stadt. Dort drang immer der Wind durch alle Kleider, es roch nach Kalk, die Farben der Häuser innen wie außen glichen schmutziger Wäsche. Sie wohnten im Tiefparterre, die Mutter behängte gleich die Fenster mit Vorhängen und legte Teppiche auf den steinernen Boden und alle Laute drangen allenfalls als vereinsamtes Echo in ihr Reich. Der Vater machte lange Listen, was zu tun war für den Fall, daß man ausreisen dürfe nach J., im Lande F.

F.!, rief die Mutter, *du bist verrückt, wie sollten wir dorthin kommen!*

Wir kommen dorthin, sagte der Vater und wandte sich seinen Listen zu, auf denen, wie Pirina bald darauf feststellen sollte, nichts Sinnvolles stand. Es waren Anhäufungen von Worten, die durch den Geist des Vaters schossen, manche Blätter schienen sich wie von selbst mit einem einzigen Wort gefüllt zu haben:

Hier.

Was tue ich?, dachte sie beim Betrachten dieser wertlosen Blätter, auf denen sich die abgrundtiefe Verzweiflung des Vaters abzeichnete.

Er ging nicht aus dem Haus. *Sie nehmen mich mit, wenn sie mich sehen,* sagte der Vater, wenn sie doch einmal versuchte, ihn hinauszulocken. Er dürfe nur bei Nacht hinausgehen, sagte er.

Sie brachte ihm mit, was immer sie an Licht fand: Glühbirnen. Gedichte. Sie ließ einen Musiker ein paar Noten aufzeichnen, die er als helle Melodie bezeichnete, doch weder sie noch der Vater oder die Mutter hatten die Noten entziffern können. Der Vater dankte und hängte die Notenfolge an sein Bett. Pirina brachte ihm Postkarten mit Abbildungen von Sonnenaufgängen oder hellen Mondnächten, sie wechselte seine dunkle Kleidung gegen helle Kleidung aus, woraufhin er sie zornig anschrie: *Soll ich mich, wenn wir nach F. gehen, etwa in weißer Kleidung davonstehlen? Hältst du weiß für die richtige Farbe, um nachts unerkannt zu bleiben?*

Woran sie ihn jetzt erkennen solle, fragte sie, es sei jeden Tag so, als wäre er schon fort.

Als sie hörte, daß ein Krieg ausgebrochen sei, glaubte sie es nicht. Der Krieg gehörte anderen. Der Krieg war eine Krankheit ferner Orte. Der Krieg würde sich selbst umbringen, bevor er zu ihnen käme.

Sie war allein mit der Mutter. Der Vater war abgeholt worden, man nannte ihn eine Gefahr, seit er Briefe geschrieben hatte an die Regierung. Briefe, in denen er die Flucht nach J. erklärte und um Ausreisegenehmigungen bat.

Er schrieb verzweifelte Postkarten von dem fremden Ort, den er nicht nennen durfte. Wenn es ihm doch passierte, daß er Namen oder Orte nannte, waren die entsprechenden Stellen geschwärzt. Wenn er dort sterbe, werde die Familie den Ort seines Todes nicht erfahren, schrieb der Vater. Wenn er seinem Kind etwas Besonderes mitzuteilen hatte, begann er die Sätze mit *Liebes Kind ...*

Anfangs las die Mutter die Postkarten mit leiser Stimme vor, später unterließ sie das Vorlesen, sie erzählte, was Vater geschrieben hatte. Daß es ihm besser gehe und er gut schlafe, daß man ihnen nun gutes Essen gebe. Sie berichtete von dem weißen Zimmer, in dem Vater nun lebe, es sei ein angenehmer Ort.

Der Brief, in dem der Familie mitgeteilt worden war, daß der Vater an einer Krankheit verstorben sei und der Staat seine Beisetzung übernommen habe, war lange vor den Berichten der Mutter über das weiße Zimmer eingetroffen.

Auch hatte die Mutter alle Beileidsbekundungen der Nachbarn versteckt, hatte die Blumen entfernt, die mit stummer Anteilnahme übergebenen Nahrungsmittel in der Speisekammer versteckt. Wenn sie weinen mußte, ging sie in den Garten, beugte sich über das Gemüsebeet.

Wenn man die nassen Tränenspuren in ihrem Gesicht entdeckte, behauptete Mutter, es sei Staub in ihre Augen geraten.

Und doch hatte Pirina es erfahren müssen. Auf dem Markt fuhr eine alte Frau ihr über den Kopf, sah sie lange an und sagte: *Du armes Waisenkind*. Und Pirina lief nach Hause und fragte die Mutter, was eine Waise sei. Ob es ein Irrtum sein könne, ob Vater noch lebe, ob man nicht dem leblosen Körper einen falschen Namen zugeordnet habe? Ob da nicht in dem Grab irgendwo an der Grenze ein ganz anderer liege? Unter welchem Namen existiere er, falls er weiterlebte, auch jetzt noch? Ob er sie alle vergessen hätte, auch das ganze Leben, das ihn bis in den Tod führte? Möge er glücklich sein, an diesem anderen Ort.

Sie habe lange Zeit, sogar als Erwachsene noch, vom Vater geträumt. Habe in diesen Träumen mit ihm weite Spaziergänge unternommen oder Autofahrten. Der Vater habe nie etwas gesagt, er sei an ihrer Seite gegangen wie ein Kind, klein, eingeschrumpft, mit hellem, glattem Gesicht, ganz sorgenfrei. Dann sei eine Zeit gekommen, da habe sie nicht mehr an den Vater denken wollen, sie habe sich gezwungen, nicht länger an den

Vater zu denken: *Es schien mir, als dächte ich nur über Vater nach, weil er verschwunden war.*

Es hätte alles so gut gehen können in diesem Leben, das sie in eine Familie von kunstsinnigen, gebildeten Menschen gegeben hatte. Die ersten Jahre ihres Lebens waren voller warmer Sommerabende gewesen, der Geruch von scharf Gebratenem und mit Pfeffer, Paprika und Knoblauch Abgeschmecktem lag ihr noch immer auf der Zunge. Der Brummton lauter Männergespräche, von wilden Gesten untermalt, klang noch in ihren Ohren. Alles, was ihr noch Heimat war, steckte in ihrem Kopf. Ihr Dasein paßte auf die wenigen Zentimeter eines Türschildes, in den Atemzug, den ein Wort benötigt. Die Erinnerung an die letzten Tage, die sie und die Eltern gemeinsam verbracht hatten, drang ein in alle Tage.

Was wollt ihr, fuhr sie die Gespenster an, *es war doch euer Wunsch, daß ich lebe, war es nicht so? Wir sind getrennt worden, es war nicht meine Schuld, ich habe euch nicht verlassen. Ich bin bei euch. Ihr müßt nur den gleichen Weg gehen. Wir sehen uns in J., dann sind wir wieder zusammen.*

Die Eltern sprachen jeden Tag zu ihr, oft mußte sie ihnen verbieten, mit ihr zu sprechen.

Ich weiß, wohin ich gehe, es ist alles richtig, sagte sie zu ihnen.

Schließlich mußte sie ihnen erklären, daß sie nicht wirklich mit ihr gingen, sondern daß sie an einem anderen Ort existierten. *Ihr seid Phantome,* sagte sie, *ihr seid ein Schmerz, ich sehe euch, ihr seid der Widerschein meines Fiebers und meiner Liebe, ich bin allein.*

Sie hörte und sah die Eltern nur wenige Meter von sich entfernt.
Komm doch, sagten sie, *komm, nur wenige Meter trennen uns, siehst du nicht?*
Wir warten, wir warten auf dich.

Nyx

An trockenen Baumrinden schabten Vogelkrallen. Der Geschmack von nassem Sand auf den Lippen. Der lange tiefe Schlaf. Wirre Träume.

Pirina sah Lilith durch einen feinen Riß in ihrem Sarg aus Blech und Stahl: eine schwarze Figur, das wehende Haar verbarg das Gesicht. Keine Kraft war mehr in ihrem Körper nach der fürchterlichen Reise über das Meer. Gerade einen Finger hatte sie noch durch die Ritze schieben können: FINDET MICH.

Lilith und Ihilen hatten sie gerettet, aus dem Container, in dem sie beinah erstickt war.

HIER BIN ICH, hatte Pirina rufen wollen, SEHT IHR MICH? Aber kein Laut kam aus ihrer Kehle, kein einziger Laut.

Lilith sah sie. *Ich bin da,* sagte sie.

Pirina war zu schwach, um antworten zu können.

Hab keine Angst, sagte die schwarzgefiederte Lilith. *Das Fieber wird sinken.*

Pirina fiel, und Ihilen, *der Pole,* wie man ihn nannte, fing sie auf, trug sie ohne Mühe, ihren federleichten Körper in den raschelnden Fetzen von Kleidung.

Du mußt essen, dich bewegen, sprechen, sagte Ihilen. *Das Fieber hat dich ausgehöhlt.*

NYX.
DU WIRST HIER ZU HAUSE SEIN.
Nyx. Sie hatte das Wort schon einmal gelesen. Woher kam es? In der griechischen Mythologie war Nyx die Göttin der Nacht und Göttinnen gab es hier, in dem Haus, in das Pirina gebracht worden war. Göttinnen in Form von geschnitzten Holzmasken, in Person der rätselhaften Lilith, wie auch das Haus selbst etwas Unirdisches war, forsch in die Risse eines mächtigen Monolithen hineingedrückt: eine warm beleuchtete Wohnkommode, die Licht in den Nebel einer aus Zwielicht und Menschenleere geformten Landschaft einsickern ließ.

Lilith war ein schlankes Geschöpf, mager, für Momente ein schwarzgewandetes Kind, dem sie in der alten Heimat schon einmal begegnet sein mochte, vor vielen Jahren, in einem fernen Herbst, am Rande einer Stadt, in einem Geschäft, in einer Wohnung, sie erinnerte sich weder an Ort noch Zeit.

Sie verstand schon bald den großen Zorn, mit dem Lilith sich auf Ihilen stürzte, wenn er sie kritisierte, und sie verstand, warum Lilith ihn mit ihren kleinen festen Händen umklammerte, ihn festhielt, voller Schmerz in ihn verliebt.

Ihilen reagierte zart abwartend, ein trotziger Junge im Körper eines grauhaarigen Mannes in zu weiter Kleidung, das schwarze Haar von grauen Strähnen durchleuchtet und nie gekämmt. Er sagte nie viel, Lilith schien polnisch mit ihm zu sprechen. Seine Augen waren dunkel, seine wahren Gedanken nie zu erkennen, fest und fein seine Worte: Gott und Engel, Teufel und Tod.

Wenn er an ihr vorbeiging, bewegte sie sich nicht. Seit Pirina im Haus war, trug er ein Halsband aus schwarzer Schnur, wenn er ihr einen Spitznamen gab, errötete sie. Sie wandt sich, wollte ihn Lilith nicht wegnehmen. Doch als sie Lilith darauf ansprach, erhielt sie ein fröhliches Lachen zur Antwort: Niemand werde Ihilen jemals besitzen, Ihilen komme und gehe, wie es ihm passe, ein katzenhafter Geselle, der sich zurückziehe oder Streicheleinheiten einfordere.

Im Haus Nyx lebten sie ein Dasein stiller Erkundungen des jeweils anderen. Es vergingen die Tage wie die Monate. Hier wurde Pirina wieder zur Gestalt, hier holte sie Atem für den nächsten Weg. Jeder im Haus Nyx versteckte sich. Pirina nahm an, daß Ihilen und Lilith immer schon beisammen waren, daß ihre Vertrautheit einem gemeinsamen Leben seit Kindheitstagen erwuchs, doch blieben ihre früheren Leben lange Zeit vor Pirina verschlossen. Keine Frage vermochte hinter die Panzerung zu blicken, die Ihilen und Lilith vor der Vergangenheit errichtet hatten. Das Inventar des Hauses war Schweigen, Vergessenwollen, Heimlichkeit.

Das Refugium Nyx, von kahlen Pappeln umgeben, in einen Monolithen hineingebaut (von wem, von Ihilen selbst?), Stein im Stein, gab den Rahmen für dieses Schweigen. Dabei sprach Ihilen gern, doch durchdrangen seine Sprache unzählbare blinde Flecken: Tränen füllten seine Augen, wenn er das Wort VERWANDTSCHAFT hörte. Ebenso unerträglich waren ihm MUTTER im Deutschen, BRUDER im Englischen und HAUS im Polnischen. Großen Schmerz empfand er beim Anhören russischer Lieder, und nicht minder verzerrte sich sein Gesicht, wenn Pirina ihn fragte, woher er stamme, ob er Familie gehabt habe, ob es etwas gab, wonach er sich sehne, etwas Vergangenes oder etwas Zukünftiges ...?

Die eherne Stimme Ihilens, der wohl tausend gottgegebene Sprachen kannte und in jeder freien Minute den Stimmen der Radiostationen der ganzen Welt lauschte, verstummte, wenn er dem Wort VERGANGENHEIT ausgesetzt wurde, und je mehr Pirina in den folgenden Wochen lernte, ihn mit Signalworten einzukreisen, umso plötzlicher brach das Schweigen in seine Reden ein. Das Schweigen Ihilens setzte ihren Tagen den Takt. Dann hatten Pirina und Lilith ihn zu meiden, dann gingen sie hinaus, Pirina immer an der Hand Liliths, die nie bunte Farben trug. Schwarz war die einzig erlaubte Schattierung ihrer Kleider. *Nyx*, hatte Pirina zu ihr gesagt, *du bist Nyx, die Göttin der Nacht, ich vertraue dir. Es kommt mir vor, als wärst du meine Schwester.*

Wer seid ihr?, fragte Pirina ein ums andere Mal, ohne Antwort zu erhalten. Manchmal fürchtete sie, in eine Falle geraten zu sein, denn was wußte sie schon von ihren beiden Rettern? Zwei abseits der Menschheit Lebende, die eine Neugier auf diese Welt teilten, an der kein Interesse zu haben sie vorgaben. Im Haus Nyx waren sie alle ohne Welt, die Laute und Worte derer, die sie retteten, waren alles an Wahrheit, das zu ihnen vordrang. Ein Haus auf vergessenem Land, den Wald im Rücken, Abhänge und Schluchten, rissige Straßen, die unvermutet in lehmige Feldwege übergingen, die ihrerseits in unsichtbaren Trampelpfaden endeten.

Ihilens Atem dehnte sich aus, wenn er vor dem Radio saß, die Hände ineinandergekrallt, eine Anspannung im Körper, die alle Muskeln zittern machte. Er lauschte den Meldungen aus undurchdringlichen Zonen, von wem auch immer bewohnt. Auf diese Weise hatte er von den Containern gehört, die an die Strände des Nordens gespült wurden. Container voller Menschen, Lebewesen in Kleidern, leblos wie Puppen fand man sie in den Behältern liegend, die er und Lilith geöffnet hatten, umgeben von Aasfressern. Am eigenen Entsetzen schier erstickend, retteten sie. Sie erinnerten sich nicht, wie das geschah, nur an die kurzen Atempausen erinnerten sie sich, an den Gestank von Wundbrand, Kot, Urin, Tod.

Das Haus Liliths und Ihilens war voller Karten und die Karten waren voller Namen. Namen aus allen Regionen der Welt. Wenn die beiden fortgingen, stöberte Pirina durch die Papp- und Holzkisten: ein verschwenderischer Überfluss an Namen, unvorstellbar, daß jede Bezeichnung für ein Lebewesen stehen sollte. Sie grub sich durch diese Kartei des Lebens. Wer mochte all die Namen gesammelt haben? Hatten Lilith und Ihilen Helfer, waren sie am Ende Schleuser, führte die Linie des Leids, der auch Pirina beinah zum Opfer gefallen war, am Ende zu diesen beiden, zur schwarzen Lilith, zum muskulösen Ihilen?

Während sie sich immer furchtloser in die Karten voller Namen wagte, lernte sie, daß es nichts zu sagen gab. Es spielte keine Rolle, ob man tot war oder lebte. Der Tod kam zu jedem: *à nous deux maintenant.*

Pirina suchte, ohne es zunächst zu erkennen, in dieser Kartei nach dem Mann, der ihr Vater war. Sie fand seinen Namen nicht, so oft und oft sie auch die Papiere durchwühlte, bis sie am Ende jeden Gedanken an ein spurloses Durchwühlen aufgab und, umgeben von einem wirren Durcheinander, von Ihilen und Lilith vorgefunden wurde. *Wer seid ihr?*, rief sie. *Warum rettet ihr uns, was bedeuten euch diese Menschen? Es gibt so viele von ihnen, jeden Tag kommen neue, sie danken euch nicht, und die, die ihr pflegt, gehen auch davon, niemand kümmert sich darum – niemand außer euch. Ihr könnt die Welt nicht retten, was bedeuten euch diese Menschen?*

In den Menschen ist etwas, das ich verstehen möchte, antwortete Ihilen. *Etwas, das mich zornig und unruhig macht. Sie sind die Schwärze und das Licht. In den Menschen ist etwas, das ich mir einverleiben möchte. Denn ich bin kein Mensch. Ich war nie ein Mensch, ich werde nie einer sein, auch wenn ich wie ein Mensch leben und sterben muß. Jemand fehlt und ich bin der Einzige, der es weiß und der es bedauert. Ich sehe die Abwesenheit, ihr seht sie nicht. Menschen fehlen, und nur wir sind es, die es bemerken.*

Ich sehe dieses Land jeden Tag, das Meer, die Strände, die Straßen, die Leere der Orte, die Leere der Gesichter. Ich weiß nicht, was vor mir war und was sein wird, alles endet in Staub und Vergessen, das Universum sorgt für sich selbst, jedes Lebewesen sorgt für sich selbst. Es gibt nichts zu verlieren, denn nur eines ist sicher: Kaum hast du dich an den Gedanken gewöhnt, da zu sein, verschwindest du. Wann wurdest du geboren, wann bist du gestorben. Du machst dir ein Bild von der Welt und die Welt ist so, wie du sie siehst, und wenn du die Augen schließt, hört diese Welt auf zu existieren. Du blickst die Dinge an und die Dinge sind genau so, wie du sie siehst, und wenn du sie nicht mehr siehst, hören sie auf zu existieren, ganz gleich ob es sich um ein Lebewesen, um eine Landschaft, ein Haus oder ein Stück Brot handelt. Die Menschen sind mir fremd. Sie bleiben mir fremd, so sehr ich auch versuche, mir ein Bild von ihnen zu machen. Sie sind nicht zu halten, sie verschwinden. Manche hinterlassen einen Namen, andere ein Bauwerk, aber die meisten verschwinden ohne jede Spur. Wo wurden sie geboren, wo starben sie, wer liebte sie, wen liebten sie selbst?

Es spielt keine Rolle, für niemanden spielt es eine Rolle, nur für mich ... Aber ich bin kein Mensch ... Ich bin nicht einmal da, denn du siehst mich nicht. Du hast nur ein Bild von mir, das verschwinden wird, sobald du dieses Haus verläßt. Was von Menschen übrig bleibt, ist die Lautlosigkeit, die den Zurückbleibenden den Verstand raubt.

———

Als Ihilen fortgegangen war, nahm Lilith Pirina mit an den Strand. Das Meer spielte mit dem Sand, sog ihn ein, warf ihn zurück an Land, umgab sie mit Kühle und dem Geruch von Salz und Tang. *Du willst wissen, wer wir sind, wer wir waren,* sagte Lilith, *und du darfst das fragen. Aber Ihilen könnte es dir niemals sagen. Ihilen hatte einen Bruder, Aharon. Sie waren die großartigsten Erbauer von Brücken, die es gab. Denke nicht an die kleinen traurigen Gebilde, die einen Fluß überqueren. Denke an große Abgründe, Schluchten, Meeresküsten, die überspannt werden von abenteuerlichen Konstruktionen aus Eisen und Beton. Wenn du einmal ein solches Gebilde siehst und ahnst, daß hier zwei Orte miteinander verbunden wurden, die nie zuvor auch nur davon träumen durften, dann stammt die Idee von Ihilen und Aharon. Sie waren wie Kinder, mußt du wissen, ihre Brücken waren ein*

Spiel. Wer kann das Unmögliche möglich machen, wer eine Brücke über den Styx bauen, wer kann das Reich der Toten mit dem der Lebenden verknüpfen, wer kann eine Brücke über die tiefe Schlucht des Y. bauen? Weltweit suchte man jemanden, der eine Eisenbahnbrücke über die 600 Meter tiefe und annähernd 800 Meter breite und unzugängliche Schneise inmitten des Gebirges von K. zu bauen verstand. Aber niemand fand sich, der eine umsetzbare Idee hatte, niemand ... außer Ihilen und Aharon, und sie fanden eine Möglichkeit. Etwas nie zuvor Gewagtes konnten die Brüder bauen, und sie kamen rasch voran.

Es war ein Spiel nur, sage ich, und sie trieben einander zu den höchsten Leistungen an. Bald schon spannte sich ein Bogen über diese niemals von Menschenhand berührte Natur, ein Bogen aus Stahl, wie ihn nur der Teufel selbst ausgedacht haben konnte – so sagten es die Arbeiter, die bei jeder Schweißnaht, die sie setzten, an den Zusammenbruch des so fragil wirkenden Konstrukts glaubten, niemals aber an das Gelingen des Unterfangens. Ihilen und Aharon aber wußten, daß sie diese Brücke bauen konnten – und wenn sie diese Brücke vollenden konnten, konnten sie alles bauen.

Die Fertigstellung fiel in den Herbst, dichter Nebel verlangsamte den Fortgang der Arbeiten. In den Nächten wurde es schon bitter kalt, Eiskrusten bildeten sich auf den Zelten der Arbeiter.

Ihilen konnte nicht schlafen und ging hinaus. Er schlief selten in dieser Zeit, er selbst zweifelte am Gelingen der Brücke, immerfort marterten ihn Alpträume. Dann sah er die Brücke zerbrechen unter dem Gewicht der Züge, und der Gedanke an all die Toten lag als Alpdruck über jedem Moment.

Ihilen spazierte in einer solchen Nacht weit herum und gelangte an ein Haus, hell erleuchtet inmitten der Nacht.

Durch ein Fenster sah er drei Männer, einfach gekleidet, er kannte sie als unzugängliche Vertreter der Regierung. Er hörte ihre aufgeregten Stimmen und trat näher. Man konnte doch, wenn an Schlaf schon nicht zu denken war, immerhin gemeinsam einen Tropfen gegen die Kälte trinken? Selbst durch das geschlossene Fenster konnte er die Stimmen klar hören und sollte sie, die er für harmlos gehalten hatte, als höhere Beamte eines Vollstreckungsapparates erkennen, von dem Ihilen zwar schon gehört, an dessen wahrhaftige Existenz er aber nie geglaubt hatte.

Die Brücke, erfuhr er, diente nur einem Zweck: der Ausbeutung des Landes, das die Bewohner nicht hatten räumen wollen. Sie sollten in ein Lager gebracht werden. Es gab eine offizielle Verlautbarung von einer Umsiedelung, tatsächlich aber würden sie nie mehr zurückkehren. Die Öfen, in denen man ihre Leichen verbrennen würde, standen schon unter Glut. Ihilen entfernte sich, fand Aharon und berichtete ihm, was er gehört hatte. Jeder Zug, jede Menschenseele, die über diese Brücke in den Tod fahren würde, würde auf ihren Seelen lasten!

Und wieder waren sich die Brüder, die nie im Leben ernsthaft miteinander im Streit gewesen waren, sofort einig. Sie mußten die Brücke – ihr größtes, ihr schönstes, ihr kühnstes Werk! - vernichten. Noch in derselben Nacht hatten sie einen Plan gefaßt, und als die ersten Lichtflecken das Nachtdunkel sprenkelten, waren sie mit Sprengstoffkapseln an den Brückenankern.

Es hätte ihnen gelingen können, gelingen müssen, aber wer auch immer die Geschicke lenkt, wollte es anders ...

Den Schuß hörte Ihilen, aber er glaubte nicht, ihn gehört zu haben, diesen scharfen, die weiche Dämmerung durchschneidenden Laut, und er glaubte auch nicht, den Körper seines Bruders aus dem Geäst der Brückenkonstruktion fallen zu sehen, ganz still eintauchend in den hellen Nebel, der aus der Tiefe emporstieg.

Er hatte den Körper fallen sehen, er hörte wohl auch die weiteren Schüsse, die ihm galten, aber er saß versteinert, die Stelle der Nebelbank fixierend, in der Aharon verschwunden war. Er saß dort noch so, als die Soldaten ihn fanden, mit vorgehaltenen Waffen herausstießen aus seinem Saboteurswinkel, und er konnte nichts antworten, als sie ihn fragten, warum er und Aharon die eigene Brücke hatten zerstören und damit ihrem Land einen großen Schaden zufügen wollen. Sie verurteilten ihn zu lebenslanger Zwangsarbeit in einem Lager, das keine Zäune, keine Mauern, ja kaum Wachmannschaft hatte. Weit draußen in den nördlichsten Regionen, wo das menschliche Auge am Fehlen jeglicher Erhebung verzweifelt, lag dieses Lager, Hunderte Kilometer entfernt von der nächsten menschlichen Ansiedelung. Wer da heraus floh, floh in den Tod, denn es gab dort nichts außer Schnee und den unterm Schneepanzer verborgenen Höhleneingängen und Moorlöchern. Das Lager war rettungsloses Verlorensein, ein Sterben mit schlagendem Herzen.

Als Ihilen dort ankam, glaubte ich schon nicht mehr daran, jemals freizukommen, sagte Lilith. Dichte Schatten lagen in ihrem Gesicht, das mit jedem weiteren Satz vollkommen ins Dunkel einzutreten schien. Pirina sah weder Augen noch Mund, sie sah keine Bewegung in Liliths Gesicht, als sie weitersprach. *Alles ist möglich,* sagte Lilith, *und das ist der fürchterlichste Satz, den man denken und aussprechen kann, es ist der Satz, der unsere Zeit beschreibt, so grausam wie unveränderlich. Alles ist möglich. Alles ist möglich.*

Im Lager habe Ihilen eines Tages im Halbschlaf einen Arm am Hals gespürt, eine Hand auf dem Mund, andere Hände, die ihn festhielten. Man versuchte, ihm die Zunge herauszuschneiden, wie man es mit allen machte, die nicht die Sprache der Herrscher sprechen wollten. Doch sie hatten nicht mit seiner Kraft gerechnet, dieser wölfischen Kraft, die einer wie Ihilen zu entwickeln vermag, wenn man ihn töten will. Dann wird so einer unbesiegbar, dann birst sein Körper vor Kampfeswillen. *Ich bin nicht tot*, habe er geschrien, überall im Lager hörte man ihn. *Ich werde nicht tot sein, hört ihr?*

Uns alle überwältigte eine Freude, mit der unsere Mörder nicht gerechnet hatten. Das rettete uns. Ihilens Kraft muß furchtbar gewesen sein ...

Ich erspare dir zu beschreiben, wie die wenigen Wachen aussahen, nachdem er sich befreit hatte ... Wir ließen den Kommandanten des Lagers U. zurück ... ein einzelner Mann allein in dieser Finsternis und Kälte, umgeben von den im Frost schon starren Leibern seiner getöteten Wachmänner.

Und Ihilen am Steuer des Fahrzeugs, das uns weit genug brachte, um nicht zu sterben ... aber nicht weit genug, um alle unsere Gliedmaßen zu retten.

Lilith zog den linken Schuh aus und gab den Blick frei auf ihren Fuß – einen dunkel angelaufenen Fuß, an dem nur zwei Zehen noch waren.

Du fragst, woher wir kommen, sagte Lilith. *Das kann auch ich nicht beantworten.*

In den Nächten, wenn sein Geist sich aller Fesseln entledigte und die Bilder der Toten, der Geretteten und des Mordanschlags zurückbrachte, stürzte Ihilen zu Boden. Er erwachte nicht und schrie doch. Lilith habe versucht, den furchtbar wütenden Körper festzuhalten, der sich im Schlaf wehrte, wie er sich gewehrt hatte, als man ihn im Lager zu töten versucht hatte. Lilith stürzte mit ihm, er riß sie mit sich. *Er wehrte sich damals und wird sich immer wehren*, sagte Lilith. *Bis in alle Ewigkeit wird er sich wehren. Vielleicht ist da kein Feind mehr, der nach ihm sucht. Aber er wird niemals mehr ruhig schlafen, denn immer sind da die Hand an seinem Hals und das Bild des fallenden Körpers seines Bruders, und die Gewißheit, daß die Brücke noch steht, daß über die Brücke, die er und Aharon konstruierten, Hunderte oder Tausende von Menschen verschleppt wurden und daß, hätten sie diese Brücke nicht gebaut, niemals so viel Unheil über einen ganzen Landstrich gekommen wäre. Denn niemand außer Ihilen und Aharon hätte über diesen Abgrund eine Brücke denken können, niemand. Sie waren die Einzigen, und ihretwegen – so sieht es Ihilen – ist tausendfacher Tod über dieses Land gekommen. Aharon ist tot, die Brücke steht. Niemand kann Ihilen verzeihen und - egal, wie viele Menschen er aus den Containern rettet, die an diese Strände hier geschwemmt werden - nichts kann in seinen Augen den Fehler aufwiegen, den zwei junge Männer inmitten des Gebirges von K. errichteten.*

Fortan gingen sie zu dritt ans Meer, öffneten die Container, zogen die Lebenden und die Toten heraus. Die Lebenden krochen davon. Sie sahen sich nicht um, sie wollten fort. Sie fragten nicht einmal, in welchem Land sie gestrandet waren.

Die Toten beerdigten sie. Zu dritt schaufelten sie die Gräber der Namenlosen, für die Lilith und Pirina hölzerne Kreuze aus dem weißen, abgescheuerten Treibholz zusammenbanden.

Ihr könntet woanders leben, sagte Pirina, *niemand zwingt euch dazu, ihr müßtet nicht jeden Tag Tote sehen und Menschen, die niemand will und liebt.*

Auch dich wollte niemand, antwortete Lilith. *Wir haben dich gerettet. Das ist unsere Aufgabe.*

Ihilen trug die Toten zu den Gräbern. Er blickte sie an, bevor sie Erde auf die Leichname schaufelten, er blickte die Leichen lange an, als erwarte er eine geheime Botschaft von jedem dieser Toten, eine Anklage oder eine nur ihm verständliche Botschaft. Er fürchtete jedes Mal, wenn sie einen solchen Container öffneten, daß ein Mitglied seiner Familie aus dem alten Land dabei sei: eine Schwester, eine Cousine, ein Onkel oder eine Tante; seine Eltern waren schon lange tot. Er half den Schwachen auf die Beine, andere trug er mit Liliths und Pirinas Hilfe zu Nyx, zum wagemutig in die Risse eines mächtigen Monolithen hineingedrückten Haus, und jedes Mal schien es Pirina, als trage Ihilen einen Menschen, auf den er sehr lange gewartet hatte.

Die Geretteten wurden mit der Zeit immer leichter: Knochen und Haut und Augen, ein namenloses Staunen, wenn sie aus dem Fast-Tod erwachten, wenn ihre Lippen wieder Laute formten. Sie wären vielleicht fortgeflogen, doch sie fielen, sie konnten kaum laufen. Manchmal schlugen reißende, viehisch kratzende Finger in die Gesichter der Retter, manchmal war ein Container nicht zu öffnen, einfach nicht zu öffnen.

Was sollen wir tun?, fragte Pirina, aber Ihilen war schon weiter: *Wir gehen zum nächsten Container.*

Und wir tun nichts?

Wir tun etwas, sagte Ihilen, *wir öffnen den nächsten Container.*

Und was ist mit diesem hier? Lassen wir die Menschen in diesem Container sterben?

Was sollen wir denn tun?, fragte Ihilen. *Der Rahmen ist verzogen, die Türen zu schwer, als daß wir drei sie aufhebeln könnten. Das ist Stahl. Wir müßten es aufschweißen.*

Da sind Menschen drin, rief Pirina.

Hier sind überall Menschen drin, sagte Ihilen vollkommen ruhig. *In jedem Container. Jeden Tag kommen neue Container. Wir können nur das tun, was in unseren Kräften liegt, Pirina. Sieh dir diesen Container an, wie beschädigt er ist. Wir bekommen diese Türen nicht mehr auf. Da sind wir machtlos.*

Aber jemand muß diese Türen öffnen können, wir holen Hilfe, wir ...!

Niemand kann das, niemand außer Gott, sagte Lilith und versuchte, Pirina an der Hand zu nehmen, doch Pirina wollte sich nicht zum nächsten Container ziehen lassen.

Gott?, rief sie. *Gott? Glaubt ihr wirklich an Gott? Gott gibt es nicht*, schrie sie.

Es gibt ihn, sagte Ihilen, ihr den Rücken zugewandt, *er ist ein Kind. Das ist die Wahrheit. Ein Kind, das spielt. Das Kind hat diese Welt ausgedacht, aber es ist alles anders geworden als gewünscht. Da ließ das Gotteskind ab, es interessierte sich nicht mehr. Das nutzlose, schlechte*

Spielzeug warf es fort.

Ich glaube nicht, daß es so ist, sagte Pirina. Ihilen beugte sich zu ihr, musterte sie und lächelte: *Und wie ist es dann?*

Pirina suchte nach Worten. *Er ist müde,* sagte sie schließlich, *vielleicht ist er einfach müde.*

Was auch immer er ist, sagte Ihilen, *und falls es ihn überhaupt gibt – er hat Vieles zu bereuen. Laß uns dorthin gehen, wo wir etwas tun können. Hier können wir nichts mehr tun.*

Sie arbeiteten in der Dämmerung, an den äußersten Rändern von Licht und Dunkelheit. Sie blickten in verletzte Augen, auf abgerissene Gliedmaßen, auf schlecht verheilte Wunden, auf Kinder, auf Greise, sie sahen Familien ans Licht treten, sie sahen Leichen, die Bäuche und Köpfe aufgetrieben, unkenntlich geworden im Tod, der sie ereilt hatte, während sie noch an Rettung glaubten. Der Sand der Küste war durchsetzt mit verlorenen Habseligkeiten, Ebbe und Flut spülten Photos und Dokumente an Land und nahmen sie wieder fort. Sie sahen entstellte Körper im Schatten wegkriechen, sie sahen einen jungen Mann, der rannte, stürzte, sich aufrappelte, wieder rannte und dann liegenblieb. Lilith ging zu ihm hin. Sein Herz war stehen geblieben.

Unter Toten, sagte Ihilen einmal zu Pirina, *fühlt sich auch ein Lebender tot, weil er weiß, wie leicht man selbst getötet werden kann.*

In Zwielicht und Menschenleere verrichteten Lilith und Ihilen ihre Aufgabe. Im Radio hörte man nichts mehr von den

Containern. Niemand stellte die Frage, wie diese Container geöffnet werden, wie die Überlebenden flüchten konnten.

Abends saßen sie beisammen, froh, dass sie mit Pirina über gewöhnliche, ungefährliche Dinge sprechen konnten.

––––––––

Pirinas Angst wuchs. Sollte sie bleiben? Gab es ein Entrinnen aus dem Kreislauf von Flucht, Tod und Verschwinden, wenn sie die Aufgabe Ihilens und Liliths zu ihrer eigenen machte, jeden Tag mit dem Anblick von Toten im Gedächtnis nach Schlaf suchte, und hatte sie nicht das Recht, ihr gerettetes Leben auf die Suche nach ihren eigenen Vermissten zu verwenden?

––––––––

Du siehst jetzt Menschen, lebende oder tote, sagte Lilith, *aber du siehst sie nun, wie sie sind: mit nichts vergleichbare Erscheinungen. Sie bewegen sich nach unbekannten Gesetzen, Glück und Leid scheidet nur ein Atemzug. Wirklich sind jedem nur die eigenen Empfindungen, die eigenen Gedanken. Sieh hin: Die matte Luft des Sommers. Das Lärmen der Städte und der Straßen. Körper, die sich an den sommerlichen Stränden ins sonnenwarme Wasser werfen. Glück. Beneidest du sie nicht, diese Zufriedenen, Ahnungslosen?*

Pirina horchte den Klängen nach, stand reglos in der Wärme mit ihrem stumpfen Kern aus Gleichgültigkeit. Die Blattgoldgeräusche der Zufriedenheit erschreckten sie.

Freudige Schreie erhoben sich über den sonoren Klang des Meeresrauschens. Wenige Hundert Meter strandaufwärts rosteten im gleichen Meerwasser die Container, die Menschen in das neue Land verfrachtet hatten. Ein Land ohne Leuchten.

Ich war noch sichtbar, antwortete Pirina, *damals war ich nicht von der Welt entfernt, da war ich wie sie, da besaß ich einen Badeanzug, da liebte ich das Meer, denn ich wußte nicht, wie viele tote Körper das Meer tragen kann. Ich war wie diese Ahnungslosen, und gerne wäre ich wieder wie sie. Aber sie sind mir fremd geworden. Ich kenne sie nicht, ihre Freude hat keine Bedeutung.*

Sie weinte. Ihre Erinnerungen verschwammen, die Gesichter verschwanden, die Räume und Orte, die Städte und Landschaften, die sie geliebt hatte, verloren sich, und jede Sehnsucht war ohne Widerhall.

Pirina ging alleine ans Meer, an den rostenden Containern vorbei, der Strom der Flüchtenden hatte im Frühsommer geendet. Niemand kümmerte sich um die Container. Manche waren ins Meer zurückgespült, andere von Metalldieben zerlegt worden.

Pirina schlief am Tag und ging am Abend und in der Nacht herum, Dunkel vor den weit geöffneten Augen, die sich belebten mit Bildern der Vergangenheit – wie sie in ihrer Phantasie gewesen waren. Sie erinnerte Straßenzüge und Gerüche, Wege, die sie unzählige Male gegangen war, das Licht eines halbverschlossenen

Fensters, durch das sie Tausende Male geblickt hatte – *wohin?* – und sie erinnerte die Orte, die sie bewohnt und verlassen hatte. Sie erinnerte sich ihrer Kindheit und fand sie wieder, sie erinnerte sich der Mutter und des Vaters. Der Vater, der immer gesagt hatte, daß er eines Tages in J. leben wollte. *Hört ihr,* hatte der Vater gesagt und gestrahlt, gestrahlt als beschenke man ihn mit den reichsten Gaben der Welt: *Eines Tages leben wir in J., der schönsten Stadt der Welt, wir werden in feinen Lokalen essen und die herrlichsten Parks besuchen, wir werden die Museen und die Galerien J. sehen, die Schlösser und Flüsse und das Hinterland J. mit seinen schwarzen Bergwäldern und den tiefen Tälern, in denen die Zeit stehen bleibt, hört ihr?*

Pirinas Gedächtnis lernte die Worte festzuhalten, jedes Wort, und sie gab den Worten Licht und Farben, gab ihnen das, was ihnen fehlte – die Veränderung. *Erinnerungen lösen sich auf, die Tage und Namen verfliegen,* hatte Ihilen gesagt.

Mein Vater lebt in J., sagte sie zu Ihilen und Lilith, *ich muß dorthin. Wenn er noch lebt, lebt er in J., er weiß, daß im alten Land nichts mehr ist, das seine Rückkehr erfordern würde. Er glaubt, wir alle seien tot. Ich muß nach J. gehen. Er wartet nicht auf mich, aber ich finde ihn und gemeinsam erinnern wir uns.*

―――――

Ein dünner Nebelschleier hing über dem Land, die milde Luft kündigte Pirinas Aufbruch mit einem sanften, traurigen Lächeln an.

Sie ging an einem der folgenden Tage. Sie dankte Ihilen und Lilith, sie ging, wie alle anderen, die von Ihilen und Lilith gerettet und im Haus Nyx aufgenommen worden waren: Sie ging, ohne sich umzudrehen.

Was werdet ihr tun?, hatte sie gefragt, und Ihilen hatte genickt, nachdenklich, fast heiter: *Wir bleiben, wir werden hier sein.* Und Lilith hatte gesagt: *Geh, geh schnell!* Und Pirina war gegangen. Ihr ganzer Besitz war ein Regenmantel, den ihr Lilith geschenkt hatte, und ein Buch über J. aus Ihilens Besitz.

Sie ging am Meer entlang, sie durchquerte drei Städte und fand die Menschen in den Häusern und Kirchen, auf den Straßen und in Fahrzeugen. Alles erschien grün und gläsern, als blicke sie durch tiefes, schaukelndes Wasser auf die Welt.

Sie bewegte sich leise, sie ließ die Tage sich füllen mit Beobachtungen, die sie belustigten oder entsetzten. Die Zeit setzte ihrem Gedächtnis eine Galgenfrist und würde am Ende doch alles verschlingen.

V

Meine Sprache ist weit weg

Ich war ganz allein, erzählte sie ihm, die Rufe der Vögel weckten mich in aller Frühe. Ich fand immer einen Menschen, der mir etwas zu essen gab, der mir eine Tasse Kaffee oder Tee reichte oder mir Obst, Brot, Käse oder Wurst schenkte. Einmal füllte mir eine alte Frau, an deren Garten ich kurz stehen blieb, eine Flasche mit Kaffee und gab sie mir. Die schenke ich dir, sie wird sich immer wieder füllen, du wirst sehen. Du hast einen langen Weg, sagte sie, als wüßte sie, was ich vorhatte. Sei vorsichtig, meinte sie noch und blieb lange am Zaun stehen, als ich davon ging. Ich sehe sie noch vor mir, eine zierliche alte Frau, sie winkte mir langsam mit einem traurigen Lächeln, als ließe sie eine Tochter davongehen.

Ich schlug den Weg ein, der durch die Berge führte. In den Wäldern lebte ich nicht schlecht, ich wußte, wie man Feuer machte, im Haus Nyx hatte ich gelernt, wie man kleine Tiere fing, welche Früchte und Pilze man essen kann. Die Berge waren schwarz von Bäumen, ich brauchte viele

Tage, sie zu durchqueren. In den Nächten wurde es schon kalt. Ich war dankbar, als die ersten Städte in Sicht kamen. Lagerhäuser und Garagen waren meine ersten Schlafstätten in diesem anbrechenden Herbst. Aus den offenen Küchenfenstern von Pfarrhäusern oder Krankenhäusern ließ man mich stehlen, was ich zum Überleben benötigte. Ich erinnere mich an eine dicke Pfarrköchin, die still abwartete, während ich mich bediente, sie reichte mir zwei Konservendosen mit Fisch.

Ich wanderte durch die Peripherien, ich brach zum Schlafen in verlassene Häuser ein, ich hatte von Ihilen und Lilith gelernt, wie man unsichtbar ist, wie man sich ohne Laut und Schatten voranbewegt.

Ich kam Ende Oktober in J. an.

Ich hatte mir vorgestellt, daß ich in die Stadt kommen und meinem Vater auf der Straße, in einem Café, in einem Geschäft oder einem Park begegnen würde. Ich mußte nur an allen Orten sein, die er hatte aufsuchen wollen: Museen, Kirchen, Markthallen, Parks, Alleen ... Schöne Orte mit vielen Menschen.

Ich hatte geglaubt, es sei so einfach, daß sich unsere Wege einfach kreuzen müßten, wenn wir durch dieselben Straßen gehen, dieselben Orte besuchen würden. Vielleicht würde ich mit ihm, von einer Straßenseite zur anderen, einige Worte wechseln, oder wir stünden in einer Kirche, einer vom Atmen des anderen angelockt, aber ich begriff: Wir würden einander nicht erkennen. Ob man jemanden nach vielen Jahren wirklich erkennen kann?

Als mein Vater uns verlassen mußte, war ich acht Jahre alt, als ich in J. ankam, war ich neunzehn.

Sie fand etwas Schönes in dem Gedanken, daß er in ihrer Nähe war, ohne daß sie sich sofort begegneten. Sie fand, daß es richtig war, daß sie nebeneinander in J. ein Dasein fanden, ohne Spuren der Anwesenheit des anderen zu sehen. Eines Tages würde einer von ihnen eine Spur finden, ein Wort, einen Namen, etwas Vertrautes, das seine Wurzeln in die Gegenwart geschlagen hatte. So würden sie einander näherkommen, auf parallelen Wegen, die sich kreuzen mußten.

Sie schrieb Botschaften an den Vater: An jede Laterne ritzte sie den alten Namen der Familie, den Namen des alten Landes daneben und das Datum ihrer Geburt. Sie steckte Tausende kleiner Zettel in die Mauerritzen der Stadt, sie hatte die Zettel mit Bleistift beschrieben, denn Bleistift hielt jeder Witterung stand.

Sie hinterließ ihre Botschaft in Kirchen, in Galerien, in Museen, immer die gleiche Botschaft in der immer gleichen Codierung. Später schrieb sie die Adresse ihrer Wohnung dazu, sie wurde es nicht müde, die immer gleichen Wege abzuwandern und die von Wind und Wetter zermürbten, von der Stadtreinigung vernichteten, von der Sehnsucht nach Sauberkeit und Stille übertünchten Botschaften zu erneuern. Sie lernte jeden Winkel von J. kennen. Es gab keinen Ort, an dem sie, so glaubte sie, ihre kleine Botschaft nicht hinterlassen hatte.

Es war dann wirklich in J., nachts, als er an meiner Tür in Erscheinung trat. Es klopfte an die Tür, sehr leise, mehr das Kratzen einer Hundepfote als menschliches Anklopfen. Ich war erwacht und fand einen Moment nicht die Kraft aufzustehen. Ich konnte mir denken, wer das war. Er stand in der Tür, ein schwarzer Umriß, vom trockenen Flurlicht gerahmt, allein, in schwerem Mantel. Er trat ein, er räumte seine Manteltasche aus, Rasierzeug, zwei Photographien, ein Kamm, loses Geld, eine Zugfahrkarte. Er setzte sich nicht, lehnte ab, als ich etwas zu trinken anbot. Er sagte nichts, die ganze Zeit über schwieg er und ich redete, pausenlos, wie mir jetzt vorkommt. Er trank ein Glas Wasser, er schrieb mir eine Adresse auf ein Papier, dann ging er. Ich saß auf dem Stuhl vor dem Zeug aus seinem Mantel, das er nicht wieder eingesteckt hatte. Ich weinte. Auf der ersten Photographie waren Mutter und ich zusammen mit Vater, die zweite Photographie zeigte Vater, seine Schwester, seine Eltern und die Großeltern, ein Photo auf steifem Papier, das die Zeit rissig gemacht hatte.

Ich suchte den Ort auf, den er mir aufgeschrieben hatte, aber ihn fand ich nicht vor. Die Wohnung war leer, dort standen nur ein Bett und ein Stuhl. Ich ging und kam in den folgenden zwei Wochen jeden Tag wieder. Ich hatte das Gefühl, als beherrsche eine unsichtbare Ordnung diese Wohnung. Ich gab meine Behausung auf und zog um in das Zimmer meines Vaters. Ich brachte meine wenigen Dinge hinein: ein paar Bücher, zwei Bilder, Kleidung. Ich lebte dort schon mehrere Wochen, als mir eines Morgens – das frische Tageslicht brandete nur zwischen 7 und 8 Uhr so hell in die Behausung – Zeichen an der Wand auffielen. Ich ging nah an die Wand, meine Nasenspitze berührte beinah den Putz, da sah ich ganze Sätze, ganze Texte. Ich schrieb alles ab.

Ich weiß, daß dies das Vermächtnis meines Vaters war.

Ich suchte ihn viele Jahre, aber J. hatte ihn verschluckt, und manchmal glaube ich, daß es gar nicht Vater war, der mir die Erinnerungsstücke in jener Nacht brachte. Es war ein schwarzer Umriß gewesen, eine

Figur aus meinen Sehnsüchten, die nie wieder auftauchen sollte. Auch die Träume, in denen Vater auftrat, verschwanden, und eines Tages war ich bereit, J. zu verlassen.

Es sind immer nur Bruchteile seines Wesens dort, wo ein Mensch sich aufhält. Ich sagte mir, wenn Vater und ich uns wieder begegnen sollen, wenn es das Schicksal will, dann findet er mich überall.

In der Nacht kommen Männer ins Haus. Sie wundert sich, daß die Mutter öffnet und diese lauten Männer in der Nacht durch das Haus gehen läßt.

IRGENDWER SUCHT DICH.

Sie liegt mit steifem Körper im Bett, als einer der Männer die Tür aufreißt und ihr mit einer Taschenlampe ins Gesicht leuchtet. Er sagt etwas, sie kann nicht länger die Schlafende spielen, so sehr schlägt ihr das Herz gegen Mund und Augen. Sie bewegt sich nicht, blickt durch flatternde Lider: In der Tür steht ein anderer Mann und schaut zu, stumm und unbeweglich, die Hände im Rücken. Das ist der Anführer, begreift Pirina, sie will aufstehen, fortlaufen. Der Mann mit der Taschenlampe leuchtet im Zimmer herum, dann geht er. Die Tür lassen sie offen stehen, noch lange Minuten hört Pirina die harten Stiefel auf dem Holzboden, hört die Mutter leise und beschwörend auf die Eindringlinge einsprechen.

Als die Männer fort sind, läßt die Mutter das Licht in der ganzen Wohnung an, sie selbst liegt in der Küche auf dem Boden, auf dem Rücken, sie blickt in die Glühbirne.

Sie sagt, als Pirina zu ihr tritt: *Es kann so nicht richtig sein, es ist nicht richtig.* Pirina legt sich neben sie.

In der weiten Stadt roch es nach Asche und nassem Stroh.

Pirinas Mutter bewegte sich nicht. Pirina lag an sie geschmiegt, wartete auf ein Zeichen, einen erlösenden Atemstoß oder etwas von ihren Händen, aus ihrem Gesicht, aber die Mutter wollte sich nicht bewegen, blickte, ohne zu schauen, an die Decke, hinein ins Flackern des Glühfadens, sah Pirina an, als sei sie nicht da, und Pirina war diesem Blick gefolgt und hatte Schnee gesehen, wirbelnde Schneewolken mitten im Sommer. Und sie war aufgestanden und hatte das Fenster geöffnet und die papierenen Fetzen der Menschheit waren ins Zimmer geweht, die Worte der Dichter, die für immer verstummen sollten. Sie war aufgestanden und hinausgegangen, um diesen Schneesturm zu sehen. Als sie nach vielen Stunden zurückgekommen war zum Elternhaus, da war dort nichts mehr gewesen, kein Haus, keine Straße, nur verbrannte Bäume und das Papier, überall das zerrissene Papier, die verlorene Sprache ihres Volkes.

Die Texte des verschwundenen Vaters behütet Pirina in einem blauen Heft, unliniertes, gelbliches Papier. Sie schrieb die Texte ab, jedes Wort, selbst den Text, den der Vater auf den Türstock gekritzelt hatte, eine hastige Mitteilung, an wen auch immer: HINAUS IN DEN HIMMELSRAUM. WEIT DRAUSSEN GEHT GERADE DER REGEN NIEDER.

Ihre sonst so schöne Schrift ist hastig, voller neuer Ansätze. Sie liest ihm die Texte des Vaters vor.

„Ich denke nicht, ich fühle nicht, ich will nichts, ich bin da, ohne jemals wirklich gewesen zu sein. Ich träume nicht, ich lache nicht. Ich sehne mich nicht. Ich bin ein Gespenst in einem Zustand unnützer Trauer. Ich erinnere mich nicht, ich sehne mich nicht. Ich glaube, dass ich seit vielen Jahren hier lebe. Ich kann es nicht mit Gewißheit sagen, ich glaube aber aufgrund des Grades der Abnutzung aller Dinge, die mich umgeben, daß ich hier seit sehr vielen Jahren lebe. Ich gehe durch die Stadt und man gibt mir zu essen. Man hat Mitleid mit mir. Ich finde etwas zu lesen, aber es ist nicht meine Sprache. Meine Sprache ist weit weg, wenn ich sie hier höre, senke ich den Kopf, denn ich denke, daß man mich narrt. Aus dem Nebel tritt der Name meiner Mutter, Ihana, nur an ihn erinnere ich mich".

„Meine Mutter wurde 1913 geboren. Sie trug gerne helle Kleider, sie lachte oft. Wenn sie an einem See oder einem Fluß vorbeikam, zog sie sich sofort aus und ging ins Wasser. Sie liebte das Wasser, seine Kälte konnte sie nicht abhalten, prustend und lachend darin herumzutoben. Meine Mutter war niemals alt. Sie war immer jung. Sie war immer hell. Sie lebte ihr ganzes Leben an einem Ort, sie ist nie verreist".

„Das Haus, das mir zur Aufsicht überlassen wurde, steht seit sechzig Jahren leer. Ich bewohne eine Kammer in einem Anbau. Meine Aufgabe

soll sein, Einbrecher und Plünderer fernzuhalten und dem Haus einen bewohnten Eindruck zu geben, indem ich jeden Abend Licht mache und die Vorhänge zuziehe. Wer könnte in der Ruine leben wollen, fragte ich meinen Arbeitgeber, einen alten Mann. Er lebe weit weg, sagte er, das Haus sei im Grunde tot, aber er möchte nicht, daß man es ausweidet.

Drinnen, in einem der großen Empfangsräume, fand ich Steine aufgeschichtet wie zu einer Pyramide; in einem zweiten, mit klassizistischen Stuckaturen ausgeschmückten Saal, Zehntausende von Spaten, zu dichten Bündeln geschichtet, von der feinen Gaze vieler Spinnwebschichten zu einem organischen, irgendwie an einen großen schlafenden Körper erinnernden Gebilde versponnen, vor dem ich eine ganze Weile verharrte, vielleicht, weil ich fürchtete, das Gebilde erwache zum Leben.

Seit dem Tod des Besitzers vor sechzig Jahren ist hier von niemandem mehr etwas angefasst worden. Die Zeit läßt sich hier berühren, sie setzt sich auch auf mir ab, ich bin nicht sicher, ob ich hier leben möchte."

„*Der Gedanke an die alte Heimat schmerzt und verdunkelt meine Tage. Ich werde nie wissen, was zu Hause passierte."*

―――――――

Er erzählt ihr von Krel, dem weißhaarigen Zeugen verfallender Zeiten. Er beschreibt ihr diesen Krel in seiner winzigen, nach Holzfäule, Gras, Bratfett, Schweiß und Staub riechenden Wohnung. Er erzählt ihr, wie dieser Krel am geöffneten Fenster stand und auf J. hinabblickte. Die Stadt, die schöne Unbekannte, mein Glück, mein Ende, meine Liebe und mein Untergang, wie Krel J.

nannte, in der Hand eine Flasche Alkohol, in den Regalen, die er aus Holzresten und Kartoffelkisten gebaut hatte, seine Aufzeichnungen.

Liebe, Trauer, Alkohol, rasende Gedanken: eine tödliche Konstellation. Krel lebte, so schien es, sorglos, er traf sich in Etablissements wie dem TOKIO DAY, dem LICHTBETT oder dem NORDKAP, wo man ihm an den Lippen hing, wo es niemanden zu stören schien, daß er ein Trinker war, daß er abstürzte, fortwährend abstürzte, daß er seit Jahren schon keinen Beruf mehr ausüben konnte, so sehr war er zwischen dem Trinken, den Angstattacken und seinem Schreiben gefangen. Niemand nahm ihm etwas übel, immer steckte ihm jemand etwas zu.

Er erzählt Pirina, wie dieser Krel im ASTRAL öffentlich träumte, vor allen mit offenen Augen träumte: *Er berichtete von dieser Welt, wie er sie sah, staunend, glänzend, eine Welt voller Gefahren, in die man sich mit Vergnügen stürzen wollte. Vielfarbige, polyphone Beschreibungen eines Jenseits, das sich im Diesseits in den wildesten Vergnügungen vorbereitete. Er träumte für uns alle und schrieb es später auf, er schrieb am besten, wenn er zwischen Klarheit und Delirium die Nacht durchwachte. Kurz vor dem Morgen schien er jedes Hindernis loszuwerden und fand die schönsten Formulierungen, die er, da nie genug Papier da war, auch auf den Fußboden oder in den Staub schrieb.*

Ein Dichter ohne Papier, manchmal auch ohne Stift, sagt er zu Pirina. *So schrieb er auf alles, was er fand. Er schilderte, wie die Schiffe im Hafen stundenlang die schönsten Kurven beschrieben, wie sich Schwärme von Seevögeln über die Stadt bewegten, in großen Wolken aus Gefieder und Geschrei, ein einziger Organismus aus vielen Leibern. Er erzählte von kleinen Wundern in schattigen Gassen. Niemand beschrieb den feurigen*

Glanz des Sonnenaufgangs über dem Meer so perfekt wie Krel. Er sprach von der Glut, aus der J. zu erstehen schien, von den rotfeurigen Farben aller Häuser, vom Kupferglanz des Wassers und seinen Geschöpfen. Er sprach von den Mottenschwärmen, die sich, wie um dieses morgendliche Wunder vorzubereiten, in den Nächten in das Licht stürzten, kleine verbrennende Körper, die im Erlöschen Feuerlinien ins schwarze Firmament zeichneten.

Krel kann tot sein oder leben, daß er verschwunden ist, ist alles, was ich weiß, sagt er zu Pirina.

Er war schon im Leben auf verschiedene Weise immer verschwunden, er tanzte auf unseren Zweifeln, er machte sich unsichtbar, bis wir, besessen von seinen Geschichten, seinen Namen flüsterten in gieriger Erwartung auf neue Wunder, neue Träume aus seinem Mund. Der Verschwundene verwandelte sich in ein Wunder, das Echo, das er hinterließ, schwoll an zu einer Verpflichtung, sich an jedes seiner Worte, an jedes Erscheinen zu erinnern. Jünger waren wir, sagt er, *Jünger eines Phantoms, Anhänger eines Mannes, der sich selbst auslöschte, fortwährend und mit System.*

Eines Tages war er fort und kam nicht wieder. Es ist möglich, daß etwas Neues begann, weil Krel fortging, vielleicht wäre ich niemals aus seinem Zimmer ausgezogen, wenn Krel geblieben wäre. Krel verschwand und etwas Neues begann. Er ging und wir blieben, wir blieben und verklärten ihn. Ich schrieb auf, was mir von ihm in Erinnerung war, ich verschloß sein Zimmer und achtete ein paar Jahre darauf, daß niemand es plünderte. Was bleibt zu sagen. Nicht viel, es sei denn, ich wüßte, wer Krel war. Ich weiß nicht einmal seinen wahren Namen. Ich weiß nur, sagt er zu Pirina, *daß er mich gerettet und mir einen Platz gegeben hat. Ich weiß, daß er der großartigste Geschichtenspinner war, den es*

jemals gegeben hat, daß er unendlich traurig war und die Menschen zum Lachen bringen wollte.
  Was bleibt? Kein Name, kein Ort.

Manchmal liegt er in Pirinas Armen und denkt an die Mutter, an den Morgen, als der Krieg losbrach, an ihre Hand auf seinem Kopf. Er versucht, das Gesicht der Mutter zu erinnern, doch es hat mit der Zeit die Züge Pirinas angenommen. Die Mutter, Abel Citrom, Išiner, Krel … jeder Mensch, den er kannte, ist in Pirina aufgegangen. Sie ist alles.

Er erinnert sich an den Moment, als seine Mutter seine Hand nahm, erinnert sich, wie sie ihn festhielt im Strom der Flüchtenden, und er erinnert sich an seine feste kindliche Zuversicht, daß die Mutter immer Teil seines Lebens sein werde. An Pirina geschmiegt, kreisen seine Gedanken zurück zu jenem Moment ohne Zukunft, als er noch nichts wußte von Verlusten und endgültiger Trennung. Er weiß, daß er Pirina verlieren wird. Auch sie weiß es und sie kann ihn nicht trösten.

VI

Alles Verabschieden beginnt im Aussprechen

Eines Tages haben die Habseligkeiten, die Möbel, die Räume ihre Wichtigkeit verloren. Sie betrachten ihren Besitz und benötigen ihn nicht mehr. Zuerst räumen sie alles in einen Raum, heiter betrachtet Pirina die anderen sich leerenden Zimmer. Aber das genügt noch nicht. Sie nimmt die Bilder von den Wänden und die Pflanzen von der Fensterbank. Schon hallen ihre Stimmen anders durch die Wohnung, größer und fremder. Sie legen sich auf den Fußboden und sehen hinein in das helle Blattwerk der Kastanie vor dem Fenster. So liegen sie beieinander, versunken ins Zittern der Blätter. *Weggehen sollten wir*, sagt er. *Wir gehen an einen Ort, wo niemand uns hört und wir niemanden hören.*

Die Wohnung leert sich, in den Schränken ist bald nur noch das Nötigste. Sie trennen sich leicht von so Vielem, das ihnen einmal, in einem anderen Leben, wie es ihnen vorkommt, wichtig gewesen war. In den folgenden Tagen ist eine funkensprühende Energie in ihr. Sie macht Pläne, sie träumt davon, über ein grünes

Grasland zu laufen, so weit sie kann, und sich niemals wieder müde und verloren zu fühlen. Nacht für Nacht folgt er ihren Träumen, erzählt in der wortlosen Sprache der Träumenden: tiefe Seufzer, leises Lachen, die Hände zucken erregt.

Weißt du, sagt sie, *ich erinnere mich schon nicht mehr, was wir besitzen.*

Sie verlassen die Wohnung. *Au revoir,* sagt Pirina.

Wohin wir fahren und ob wir ankommen, ist egal, sagt sie zu ihm. *Wir haben kein Ziel, wir fahren bis zum Morgenstern.* Er fährt. *Die undenkbarste aller Welten ist die Welt der Menschen,* sagt sie. Sie erzählt ununterbrochen, so hält sie ihn wach auf der langen Fahrt. Doch kaum ist die Nacht angebrochen, da hört er an der Tiefe ihres Atems, daß sie eingeschlafen ist. Er sieht vor sich, die Kassiopeia, die Plejaden, als wollten die fernen Sternhaufen niedersinken auf die Erde, und er hält darauf zu. Erst als die Nachtschwärze sich im raumlosen Grau des Morgens auflöst, fährt er das Fahrzeug in eine Waldschonung, schaltet den Motor aus und schließt die Augen.

Noch einmal wollen sie das Jagdhaus sehen. *Erinnerst du dich nicht, wo es war?*, fragt Pirina. Seit Stunden schon fahren sie durch die Landschaft, glaubten schon, vertraute Wegmarken wie die gespaltene uralte Eiche oder den tiefgrünen See ausgemacht zu haben, aber dort, wo das alte Jagdhaus stehen sollte, ist nichts. *Wir müssen in den Wald hinein,* sagt er und lenkt das Fahrzeug auf einen schmalen Ackerweg, der sich bald im sumpfigen Grün einer Wiese auflöst. Ratlos blickt er sich um, dann legt er den Rückwärtsgang ein.

Und?, fragt Pirina, *weißt du jetzt, wo es ist?*
Ja, sagt er, *hier ist es nicht.*
Woher weißt du das?
Sieh dich doch um, sagt er, *Matsch, Gras, Nichts.*
Wir steigen aus, bestimmt sie. *Du weißt nicht, wo wir sind, aber ich weiß es.* Sie zeigt auf Eichen, auf Kastanien, sie zeigt auf einen kahlen Fleck im Gras. *Dort stand es,* sagt sie, *sie haben es abgerissen, es ist alles weg.* Er schüttelt den Kopf. *Nein,* sagt er, *das kann nicht sein.*

Warum nicht, fordert sie ihn heraus. *Immer nehmen sie alles weg. Alles verschwindet! Hast du geglaubt, man werde es wegen uns stehen lassen?*

Ich habe das nie geglaubt, sagt er. Es soll heiter klingen, aber es gelingt ihm nicht. Er legt den Rückwärtsgang ein, doch dann schaltet er den Motor aus. Schweiß steht ihm auf der Stirn, plötzlich fühlt er sich unwohl. Er möchte zurück in ihre Wohnung, die Möbel wieder aufstellen, alles wieder an den gewohnten Platz stellen. Diese Reise, denkt er, ist ein Fehler. Er will zurück. Er will sich auflehnen und weiß doch nicht, wie.

Alles Entschwundene ist eine Heimsuchung, er erträgt die Niedertracht des Universums nicht mehr. Alles stirbt, verschwindet, verrottet, und er ist gezwungen zuzusehen.

Er steigt aus dem Auto. Zornig geht er im hohen Gras herum. Hier und da findet er Scherben der Ziegelsteine, aus denen das alte Jagdhaus bestand, Drahtstücke, Kabelreste. Pirina tritt an seine Seite: *Glaubst du mir jetzt?*

Laß mich allein, sagt er. Er hat das Gefühl, nicht mehr da zu sein. Seine Erinnerungen hängen ihn an alles Verschwundene.

Er setzt sich ins Gras und hat sogleich das Gefühl, nicht mehr aufstehen zu können, nie mehr, weich und ohne Kraft sind seine Gelenke. Er geht die Namen durch, die sie damals im Jagdhaus fanden, er geht die Namen durch, mit denen er und Pirina auftraten, manche Namen umrundet er in Gedanken so lange, bis sie sich auflösen.

Ohne daß er es bemerkt, hat Pirina sich an seine Seite gesetzt. *Ob wir den Platz wieder finden, wo wir die Namen vergraben haben?*, fragt er sie. Aber noch während er spricht, schüttelt sie den Kopf: Wir suchen nicht.

———

Stare in den Bäumen. Ein Lärmen. Ein sich verströmendes Mitteilungsbedürfnis gefiederter Seelen.

Sie halten an, sie steigen aus. Die Vögel steigen nervös auf und lassen sich, da die Menschen unbewegt stehen bleiben, wieder nieder, diesmal ohne einen Laut. Lange bleibt es still. Einzelne Laute aus den Vogelkörpern. Flügelschläge. Fragende Laute aus aufgeplusterten Vogelkehlen. Eine einzelne Feder sinkt zu Boden.

Sie setzen sich wieder ins Auto, fahren weiter. *Wir haben es kaputt gemacht*, sagt sie. *Aber was?*

Die Straße ein gewölbtes schwarzes Band in einer blauschwarzen Landschaft. Alles verblasst unter dem weiten Himmel, unter der Sonne, die den Farben ihre Kraft nimmt. Wenn sie auf eine Anhöhe kommen, ist das Land weit weg, als blickten sie über die stille Weite des Meeres hin zu einer entfernten, mehr erträumten, als wirklich den Augen dargebotenen Küste. Sie nehmen sich an den Händen und gehen durch hohes Gras. Außer ihrem Atem und dem Rascheln des trockenen Grases hören sie nichts, es scheint ihnen, als hingen sie zwischen Himmel und Erde, ohne Schwere, die Letzten ihrer Art. In den Steinmauern sitzen schwarzschimmernde Eidechsen, in der Ferne sprenkelt eine unruhige Wolke von Vögeln das Firmament. Sie setzen sich nieder, sie legen sich ins Gras, ein kleiner Übermut berührt ihre Herzen. *Jetzt sieht uns niemand mehr*, sagt sie. Und sie erinnern sich daran, wie sie als Kinder in hohem Gras liegend nicht nur den Blicken der Eltern entzogen waren, sondern der ganzen Welt, und das Echo dieser Geborgenheit hüllt sie noch einmal ein, geleitet sie in einen lichten und kurzen Schlaf, aus dem sie erfrischt und heiter erwachen. *Jetzt gehen wir bis zum Horizont*, sagt sie und duldet keinen Widerspruch. Er nickt. Der Horizont ist sehr weit weg, denkt er, aber er läßt sie nicht alleine gehen. Sie möchte schnell voran, ungeduldig blickt sie auf ihren Schatten, der ihr vorangeht und sich, so scheint es ihr, übertrieben langsam voranbewegt. *Warte nicht auf mich, ich komme gut voran*, sagt sie, *geh voraus, ich folge dir*. Und er geht ein paar Meter voran und bleibt dann stehen, wartet, bis sie aufgeholt hat. Niemals dürfte er hinter ihr gehen, dann käme sie sich allein vor, und niemals dürfte er zu weit voran gehen, dann würde sie merken, wie langsam sie geht. Er täuscht Erschöpfung vor. Es sei noch weit, sagt er, ob sie den ganzen Weg bis zum Horizont machen oder nicht, vielleicht nur einen Teil des Weges gehen könnten ...? Sie läßt keine Abkürzung zu, der Horizont sei der Horizont, sagt sie, es gebe keinen halben Horizont. Dann muß sie sich setzen.

Wieder stehen die hohen Halme um sie herum, Halme, die sie sich im Kindesalter baumhoch dachten. *Siehst du,* sagt er, *jetzt sehen wir keinen Horizont. Wir sind in einem Wald. Hänsel und Gretel ohne Brotkrümelspur. Wollen wir nicht umkehren?*
Nein, sagt sie. *Das ist der große, übermütige Sommer, den geben wir nicht mehr her.*

Sie ist schlecht zu Fuß, die Füße schmerzen, die Beine schmerzen, der Rücken sticht, sie versucht, es zu überspielen: *Ich schrumpfe, die Erdanziehung stimmt nicht mehr.*

Pirina hat kalte Hände und Füße, sie ist ungehalten, wenn sie ihn um eine Decke bitten muß. *Was frierst du, es ist doch Sommer,* schimpft sie mit sich selbst, *es ist warm, du kannst keine kalten Hände haben!* Er streckt ihr seine Hände hin und sagt: *Meine sind auch ganz kalt.* Aber sie stößt ihn weg.
Deine Hände sind warm, sagt sie, *du hast immer warme Hände, du frierst nie, ich weigere mich, deine Hände anzufassen.* Der Gedanke, daß sie alt sei und friert, bringe sie um den Verstand, sagt sie. *Weißt du, so schön es draußen auch ist, so warm und sommerlich,* sagt sie, *friere ich, hier, faß mal an!* Und sie streckt ihm die Hände entgegen. *Ich friere,* sagt sie, *ich will nicht frieren, nie mehr!*

Er kann ihre Hände nicht nehmen, er schaut in die Sonne. Irgendwann, denkt er, muß sie die Hände wieder herunternehmen und das Thema wechseln, bis dahin ist er einfach nicht da. Er wird sagen, er habe sich im Anblick der Sonne vergessen. Warum nur sind seine Hände nie kalt.

Sie gehen in die Kirche hinein, weil es draußen regnet und sie keinen Schirm dabei haben,
    sie stehen beieinander in der Kirche, das sandsteinfarbene Licht, der Geruch von Holz, Weihrauch und Stein lockt sie tiefer hinein,
es ist ganz still.
Jetzt würden sie einander etwas sagen, aber alle Zeit geht ihnen verloren.
Hier waren sie schon einmal, vielleicht sind sie seit langem hier, er dort drüben,
in steinernem Gewand, sie ihm gegenüber,
in steinernem Gewand,
so blicken sie einander an seit alter Zeit.

Sie schreibt alles auf.
Alles Verabschieden, sagt sie, *ist ein Aussprechen.* Sie schreibt auf die Badezimmerfliesen „Fliese",
sie schreibt „Tisch" auf den Tisch, sie schreibt ihren Namen in einer krakeligen Kinderschrift auf ihr Kopfkissen.
Vergißt du deinen Namen?, fragt er.
Nein, sagt sie.
Ich mag ihn so sehr, er wird mir fehlen.

Sie werden nicht mehr zurückkehren können. Pirina ist zu schwach für die Rückreise.

Ein Zimmer nehmen, irgendwo, ein Zimmer mit dünnen Wänden, wie unsere ersten Wohnungen in diesem Land, bittet sie.

Er findet die Wohnung, eine kleine Wohnung mit viel Licht. *Wenn wir aus dem Haus gehen, sind wir in wenigen Minuten am Meer,* sagt er, *ein ehemaliges Fischerhaus, es ist nicht groß, aber es ist alles, was wir wollen.*

Pirina nickt, sie denkt: Er ist so müde geworden, er zersorgt sich. Manchmal fallen ihm die Schritte so schwer.

Pirina steht vor dem Fenster, Regen jagt gegen die Scheiben, nimmt ihr die Sicht. *Wo ist das Meer,* fragt sie, *wo ist ...?*

Mit der linken Hand befühlt sie vorsichtig das kalte Fensterglas. Es sind nur wenige Millimeter dieses brüchigen, kalten Materials, die sie von dem Sturm trennen.

Ich mache Feuer, sagt er. Er geht hinaus und sucht Holz. Er läßt sich Zeit mit dem Holz und dem Feuer.

Die Zeit läuft ihnen davon. Manche Tage durchschläft Pirina. Er sitzt an ihrer Seite, wenn sie den Kopf wendet, wenn ihr Blick kreiselt, wenn er abstürzt, wenn sie nicht weiß, wo sie sind. Er ist bei ihr, er hält sie fest. Ich bin doch da, sagt er in der Sprache des alten Landes, der einzigen Sprache, die sie noch versteht. Ihr Blick bleibt an ihm hängen, abstürzend, als könnten ihre Augen nichts mehr ergreifen, ihr Atem geht schneller, der Widerschein der Küchenlampe fällt auf ihr Gesicht, randet Augen und Wangen mit schwarzen Schatten.

Ihr Mund öffnet und schließt sich. *Ich möchte,* sagt sie, *ich möchte ...,* ohne den Satz zu vollenden. *Was möchtest du,* fragt er, was? Sie sagt: *Ich möchte ...* Der Satz bleibt in der Luft hängen, sie beendet jetzt keine Sätze mehr, ihre Sätze sind klein und durchscheinend geworden.

Er geht hinaus, es ist kalt. Er fühlt sich, als werde ihn bald Fieber ergreifen. Sein Mund ist trocken, er blickt hinaus auf das Meer, das sich Schwarz in Schwarz dem Himmel, dem All, der Ewigkeit entgegenstreckt. Er sieht das Meer nicht, er hört es nur. Er geht am Strand entlang, bis er nicht mehr kann. Früher konnte er endlose Strecken zurücklegen.
    Jetzt fehlt ihm der Atem dazu. Es ist dunkel, er sieht nichts. Er dreht sich um und sieht die hellen Rechtecke der erleuchteten Fenster wie ein Versprechen.
    Noch ein bißchen Zeit zusammen, denkt er, oder gemeinsam gehen.

Sie schläft viel. Manchmal sagt er: *Pirina.* Sie nickt. Sie weiß, daß es ihr Name ist. Ihn hält sie fest, noch. Er erträgt es nicht, daß sie kaum die Hand heben kann, um sich damit abzustützen. Er singt ihr die Kinderlieder des alten Landes vor, sie erinnert sich und singt mit. Wenn die Worte fehlen, singt sie *Lalala.*

Sie schläft viel und er geht hinaus. Wenn er zurückkehrt, legt er sich, um sie nicht zu stören, auf die Bank in der Küche. Hinter der Wand weiß er Pirina. Er klopft an die Wand, nach einer Weile klopft sie zurück. *Erinnerst du dich,* sagt er, *wie früher, in der alten Wohnung, du rechts, ich links, wir beide.*

VII

Bei Dir. Immer.

Jeden Abend klopft sie an die Wand, zwei Mal, mit den Fingerknöcheln.

Gottverdammte dünne Wände, denkt er und lächelt, es war, es ist ihr ausgemachtes Gutenachtzeichen: Sie klopft zwei Mal, daraufhin klopft er zwei Mal. Diese gottverdammt dünnen Wände, ihr Gutenachtsignal, ihr Signal, daß alles in Ordnung ist, daß sie einander am nächsten Morgen wiedersehen werden.

An diesem Abend hatte sie drei Mal geklopft, dann nervös noch ein weiteres Mal, allerdings mit der flachen Hand,

er hatte gelächelt, diese dünnen Wände,

das sah ihr ähnlich, etwas Neues einzuführen, er hatte zwei Mal zurückgeklopft, dann kurz gewartet und dann mit der flachen Hand gegen die Wand gepatscht.

Schlaf gut, sagte er und hatte sich umgedreht, er war sehr müde gewesen.

Am nächsten Morgen hatte er vor ihrem Bett gestanden und gedacht,

diese verdammten Wände,
nicht dünn genug,
er hatte nichts gehört, er hatte nichts bemerkt, er hatte tief geschlafen.

———

Er öffnet das Fenster.
Seine Großmutter hatte gesagt, die Toten geisterten so lange voller Angst und Unruhe herum, bis einer das Fenster öffne, so daß die Seele in den Himmel steigen könne.

Er wird aus dem Haus gehen, dann immer weiter, immer geradeaus, bis er zu einer Straße kommt. Und dort wird er warten, bis ein Auto kommt. Ein Auto wird anhalten, irgendeines. Er wird einsteigen und sich freundlich vorstellen, und er wird sagen: *Fahren sie einfach weiter dorthin, wohin auch immer sie fahren. Ich habe kein Ziel.*

Ihr habt nicht existiert

Ihr habt nicht existiert, eure Namen sind verschwunden, ausgetilgt aus den Gedächtnissen. Kein Blatt trägt eure Geburtsdaten, keiner Erde hatten sich eure Schritte eingeprägt, kein Archiv weiß von eurer Existenz. So viele sind verschwunden, so viele Namen, die keine Hand aufschrieb, so viele Namen, deren Gewicht kein Papier zu tragen vermochte, nur die Stille, der weite Echoraum des Vergessens, mag einen Nachklang eurer Namen bergen.

So sagen es die leeren Archive, die ausgebrannten Geburtsregister, die schwarzen Mauern eurer Heimat, die schwarz bleiben, egal wie oft man ihnen ein Gewand aus frischer Farbe aufzuziehen sucht euch gehört der Klang der Verborgenheit.

Deine Hand greift nach ihrer Hand, sie ist warm, sie ist trocken sie erhebt sich, muß sich wachzittern, warmzittern, sie öffnet die Augen, sie sieht dich nicht an, sie sagt nichts, du sagst nichts, wenn sie steht, ist es dir, als besäße sie Flügel, ihr Körper ist zu leicht für diese Erde, wie kann jemand sich so leicht bewegen, so mühelos vom Sonnenlicht aufgelöst werden?

Fische zappeln im Schlamm, Vögel kreisen in der Luft, ihre Schatten auf dem Wasser, das Land weit unter ihnen.

    Zwei Menschen auf dem Land: ein Mann, eine Frau. Sie gehen nebeneinander. Im nächsten Moment sind sie verschwunden.

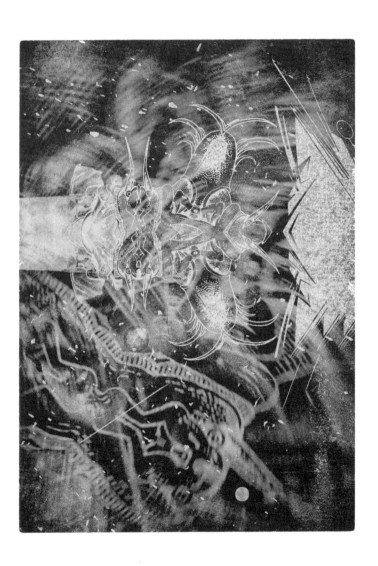

INHALT

I	ER	5
	Er glaubte nicht an die Liebe	5
	Aus dem Licht gestoßen	23
	Ein Tag im Dezember	54
	Die Himmelsrichtung der Hoffnung	61
	Land kaputt, Frauen schön	73
	Du siehst nicht, was fehlt	87
II	J.	96
	Heimat ist kein Ort	104
III	Sie bestiegen den langsamsten Zug, den sie finden konnten	111
IV	PIRINA	133
	Wir warten auf dich	133
	Nyx	142
V	Meine Sprache ist weit weg	161
VI	Alles Verabschieden beginnt im Aussprechen	172
VII	Bei dir. Immer.	185
	Ihr habt nicht existiert.	187

© Mirabilis Verlag 2019
www.mirabilis-verlag.de

Text, Grafik und Covergestaltung: © Florian L. Arnold
Druck und Bindung: Elbe Druckerei Wittenberg GmbH

ISBN 978-3-947857-00-5

Alle Rechte bleiben vorbehalten.
Ohne schriftliche Genehmigung des Verlags darf kein Teil des Werkes in irgendeiner Form wiedergegeben, vervielfältigt und verbreitet werden.